Opal
オパール文庫

甘い毒
ケダモノ御曹司の淫らな執着

佐木ささめ

JN210517

プランタン出版

※本作品の内容はすべてフィクションです。

第一章　遭遇

後ろから追いかけてくる恐怖の存在を意識しつつ、彩霧《さぎり》は決して振り向かずに走り続けた。夏の蒸し暑い空気をかき分けて、狭い路地裏を駆け足ですり抜け、ようやくビルの隙間から脱出する。

その途端、目がくらむほどの眩《まばゆ》い双頭の光を浴びて、その場に崩れ落ちた。

直後にタイヤが激しく軋《きし》む異音。焦げたゴムの異臭。目と鼻の先にまで迫る鋼鉄の塊。車の前に飛び出したことを彼女は悟った。同時に命の危機がすぐそこに迫っていたことも理解し、恐怖のあまり体が震え出す。

――危なかった……！

そのとき複数の乱れた足音が聞こえて顔を上げる。

目の前の車から降りたと思われる三人の男たちが、自分の周りを取り囲んで見下ろしているではないか。彼らは夜に溶けるような黒いスーツを着込み、その体格は格闘技でも経験しているのかと予想するほど屈強だ。

マフィアのボスを取り囲むボディガードを連想した彩霧は、己の顔面から血の気が引く音を聞いた。まさか車の持ち主はヤクザなのだろうか。

——どうしようどうしよう……、私、殺されるかも……

そのとき黒スーツの男たちの背後から、この場にそぐわないほど涼やかな低い声が掛けられた。

「おまえたち、下がれ」

恐怖で縮こまっている彩霧の傍《かたわ》らに跪《ひざまず》いたその人が、こちらの顔を覗き込んで目が合う。

……思わず息を呑んだ。高価そうなスーツを着た絶世の美男子が、不機嫌な表情で自分を見つめてくるではないか。

こんな兵士みたいな屈強な男たちを従えているため、凶悪な人相の持ち主を想像していたのに、俳優かモデルかと思う整った造作に呆けてしまう。

切れ長の目と高い鼻梁《びりょう》と薄めの唇が、完璧な配置で顔に整えられているイケメンだった。柔らかそうな髪が自然なウェーブでその顔を包み、ややきつめともいえる顔立ちに甘さを与えている。

「大丈夫ですか。どこかお怪我はありませんか」

美形は声も素晴らしいのかと、ぼんやりした状態で感心してしまう。年齢は三十代の半《なか》ばといったところか、やや渋みが出はじめている声音がたいへん耳に心地よい。

が、彼の突き放したような平坦な口調から、自分を案じているのではなく、不審者を問い詰めているのだと気がついて反射的に頭を下げた。

「すみません！　いきなり飛び出してしまって！」

「……ご無事のようですね、何よりです。立てますか」

スマートな所作で手を差し出してくるから、知らない男性に触れる警戒心さえ発動せず、反射的にその手を握ってしまう。

私って面食いだったっけ。と、自問しつつ彼に支えられて立ち上がろうとした瞬間、右足首に痛みを感じて呻《うめ》き声を上げた。

「大丈夫ですか。――失礼します」

彼が足首へそっと触れてくる。温かな手ではあるが、患部が熱を持ち始めたのでひんやりと感じた。ほんの少し痛みがやわらぐようだった。

「……腫れていますね。骨折しているかもしれない」

「あ、いえ。折れた痛みではないので、大丈夫です」

おそらく捻挫《ねんざ》したのだろう。ただ、美形が自分へ触れていることに意味もない羞恥を感じ、急いで片足だけで立ち上がろうとする。が、彼に止められた。

「お怪我をされたのならこちらの責任です。手当てをさせてください」

「いえ！　道に飛び出した私が悪いので、本当に大丈夫です」

いくら稀有《けう》なイケメンであろうとも、屈強な男たちを従えている時点でヤクザかもしれない。予想が正しければ絶対に関わり合いになりたくない。

「しかし交通事故ですから責任はこちらにあります。このまま放置しておくことなどできません。どうか車に乗ってください」

「あの、本当にお気になさらないで……」

押し問答をしていたため、いつの間にか第三者が近づいていたことに気がつかなかった。

「──大丈夫ですか？」

今度は柔らかな女性の声だった。振り返ると鮮やかな色彩が視界を塞ぐ。

──日本人形が動いている。

見事な着物を着こなす美女が愁《うれ》いを帯びた表情でこちらを見つめていた。

夜の闇に浮かぶ白い肌は白磁《はくじ》のようで、ヘッドライトの光に照らされる漆黒の髪は艶《つや》やかだ。卵型の小さな顔が美しくも可愛らしく、年齢不詳の愛らしさに見惚れてしまう。

するとイケメンがさっと立ち上がって彼女と向き合った。

「危険ですよ。車から降りないでください」

「だってなかなか動かないから、どうしたのかなと思いまして」

「こちらの方が怪我をされたので、今から社長の専属医に診せます」

組長じゃなくって、社長？　どうやらヤクザではないようなので安堵するものの、どこその社長のご自宅などにお邪魔するつもりはない。

断りの声を上げようとしたけれど、日本人形が口を開く方が早かった。

「じゃあ私の車に乗ってください。同性の私の方が安心すると思いますし」

こちらの手を日本人形が優しく持ち上げる。しかし足首の痛みが強すぎて上手く立ち上がることができない。

するとイケメンが彩霧の腕をつかんで強引に立ち上がらせた。引きずるようにして轢《ひ》かれそうになった車の後方にある、黒いセダンへ押し込む。――なんて乱暴な。

乗り込んだ車内のインテリアは機能美を追求したデザインで、本革のシートはとても座り心地がよく、ラグジュアリー感にあふれていた。冷房もよく効いて居心地がいい。

こんな高級車に乗ったことがない彩霧は茫然とシート上で固まってしまう。

「大丈夫ですか？　足は痛みませんか？」

心配そうに声をかけてきた日本人形の手には、おしぼりらしきものが広げられている。

彼女はそっと彩霧の手を取ると、地面について汚れた手を優しくぬぐってくれた。

「あっ、自分でやります」

「あら、そうですよね。やだわ、いつも子供にしているから癖になっちゃって」

ふふふ、と屈託《くったく》なく笑う女性の言葉に、子持ちなんだと少し驚いた。そういえば彼女の左手薬指にはリングがある。既婚者だ。

――あのイケメンさんの奥さまかしら。

まじまじと日本人形を見つめていたら、すぐに目的地に到着したらしい。

停車したのは、高さが二メートル以上はある巨大な門扉の前だった。高い塀に囲まれた敷地内がどのようなものかはまったく分からない。

車は自動で開く大門をくぐり抜け、広大な庭を走り抜ける。

やがて屋根のある車止めで停車し、外側から扉を開けてもらい日本人形が降りる。彩霧へは黒服の男性から車椅子を差し出された。……こんなものまであるのか。

大人しく車椅子に腰を下ろして運ばれたが、黒服の男たちに囲まれて大理石の廊下を進んでいくと、だんだんと恐怖心が堆積してくる。いったいどこへ連れていかれるのだろう。いつの間にか日本人形が消えていたので余計に恐ろしい。

冷や汗をかいていると、応接間と思われる部屋に通された。そこには白衣を着た老人が眠そうな顔でソファに座っている。

「あんたかね、足をくじいたって娘は」

ソファに座るよう命じる老人が彩霧の足首を観察する。どうやら医者のようだった。

そう大した症状じゃない、と呟《つぶや》きながら老人が手早く手当てをしてくれる。その最中に先ほどのイケメンが、やはりスーツを着用した初老男性と黒服の男たちを連れて入室してきた。

彩霧はその中で、六十代ぐらいの貫禄ある初老男性を見て目を見開く。

「ぅあ……」

思わず声が漏れた。驚愕の眼差しで彼を凝視し、そのまま視線をゆっくりと高い天井へ動かす。それから再び彼の顔へ戻した。

その人は彩霧の目線を追って天井を見上げた後、微笑みながら首を傾《かし》げる。

「天井に何かついていましたかな、お嬢さん」

「え……、あ、いいえ、なんでもありません……」

悪い癖が出てしまったようだ。慌てて視線を彼の隣にいるイケメンへ向ける。

「手当てをしていただき、ありがとうございました」

「いいえ、もう少しで弁護士が来ますから、損害賠償のご相談をしましょう」

「いいえ！　手当てをしていただいただけで十分です！」

うろたえる彩霧だったが、初老男性がやや低い声音で言い放つ。

「それだと我々が困るんだよ。あとから治療費を請求されたり、後遺障害が出たとか訴えられたら大変なのでね」

「そんな……、私、そんなことしません……」

当たり屋とでも思われているのだろうか。不当に勘繰られて腹を立ててもいい場面だが、初老男性の静かな迫力に気圧され怯えてしまう。

それよりこの人は誰だろう。イケメンの関係者だと察せられるが、自己紹介もしてくれないので正体が分からず怖い。

その彼は彩霧の正面にあるソファに腰を下ろすと長い脚を組んだ。イケメンの方は彼の背後に立ってこちらを見つめてくる。その位置関係から、先ほどイケメンが言っていた社長かと思った。

「弁護士が来る前にお尋ねしたいのだが、なぜ車道に飛び出してきたのかな？　大変危険な行為だ。一歩間違えたら我々は犯罪者だ」

「おっしゃるとおりです……すみません……」

明らかに自分の不注意である。相手はいい迷惑だろう。

——でも本当のことを話しても信じてくれないだろうし……どうしよう……

説明をしようとしない彩霧に焦《じ》れたのか、イケメンが厳しい口調で尋問してきた。

「申し訳ありませんが、お名前とご職業を教えてくださいませんか」

「はっ、はい！」

大慌てでバッグを探り名刺ケースを取り出す。二人の男に名刺を一枚ずつ渡した。そこには、『作曲家／サウンドクリエイター　加納《かのう》彩霧』とある。

「作曲家さんですか。……音楽制作事務所にお勤めなんですね」

「はい。ＣＭや映像作品、ゲームなどのオリジナル音楽の制作が主な仕事です」

怪しい者ではないと主張したかったので、職種内容を丁寧に解説する。そのうちに口調に熱がこもり、業務の事例を出して滔々《とうとう》と語ってしまった。

しばらくの後、相手の呆けたような表情を認めてハッと我に返る。

「すみません、長々と……」

仕事でもないのに営業トークが出てしまった。恥ずかしさで俯けば、クスクスと抑えた笑い声が聞こえてくる。初老男性の方が笑っていた。

「いや、実に情熱的な感性の持ち主だ」

その口調には先ほどまでの厳しさが消えている。彼は微笑みつつ内ポケットから名刺ケースを取り出し、一枚の名刺を彩霧に渡してくれた。

『SHIREX《シレックス》　東雲《しののめ》資源開発株式会社　代表取締役社長　東雲辰彦《たつひこ》』と名刺にはあった。

彼の動きを見て、イケメンの方も名刺を取り出す。こちらの方は、『取締役事業本部長　東雲智治《ともはる》』だ。同じ会社の役員で同姓なら、親子かもしれない。

聞いたことがない社名だが、資源を開発する会社ならば小さい企業ではないだろう。それでこの豪邸なのかと納得する。おそらく周囲にいる黒服の男たちは彼らのボディガードだ。

感心して二人を交互に眺めていると、イケメン――智治が口を開いた。

「それで加納さん。なぜ道に飛び出してきたのですか？」

……尋問は終わっていなかったらしい。

再び黙り込んでしまうものの、だんまりを決め込んでも逃げられそうにないことは察せられた。ここで白状しなくても弁護士に延々と追及されるはず。

――どうせ信じてもらえないだろうし、頭のおかしい女だと思われた方が早く解放してくれるかもしれない。

腹を括《くく》った彩霧は顔を上げた。

「じっ、実は……、れい、に、追われていたんです」

「れい？」

「はい。私は霊感が強いため、悪霊に好かれやすいんです。今回もそれに追われて逃げているうちに、東雲さんの車の前に飛び出してしまいました。申し訳ありません」

深く頭を下げながら、信じてもらえないだろうなー、と投げやりな気分で小さく溜め息を吐いた。案の定、初老男性――辰彦が面白そうな口調で話しかけてくる。

「もしかして私と天井を見て驚いていたのは、何か霊がいたから？」

まったく信じていないような声音だったが、こういった反応には慣れていたので弱々しく笑いながら頷く。

「はい。でも私が驚いたのは、その霊が先ほど会った女性とそっくりだったからです」

「女性……？」

「着物を着た日本人形みたいな綺麗な女性です。彼女と同じ顔の霊だったので――」

驚きました、との言葉は最後まで言えなかった。いきなり立ち上がった辰彦が大股で近づいてくると、両肩をわしづかみにしてきたのだ。しかもすごい切迫した表情で覗き込み、肩をつかむ手に痛いぐらいの力が込められる。

「着物の女性とは香穂《かほ》さんのことか！」

突然、変容した男の形相に震え上がった。怯えて口ごもる彩霧に業を煮やしたのか、辰彦は両肩をつかんだまま前後に揺さぶってくる。

「社長！　何やってるんです！」

慌てた智治と周囲の黒服たちが辰彦を引き剝がす。彼も震える彩霧を見て正気に戻ったのか、すぐに頭を下げた。

「すまない、本当に申し訳ない」

「わ、私、もう帰ってもいいですか……？」

怖い。彼の地雷に触れたのかもしれないが、よく知らない異性に、しかも彼のテリトリーで迫られるなど泣きたいほどの恐怖だ。

涙目で身を縮めて怯える彩霧に、智治は使用人を呼んで紅茶と甘いお菓子を運ばせた。

「怖がらせて申し訳ありません。どうぞ召し上がってください」

供応《きょうおう》を受けるつもりはないと撥《は》ね退けたかったが、有名なパティスリーの焼き菓子だったので目が釘付けとなる。食い気と恐怖がせめぎ合い、結局、食い気が勝利して逡巡《しゅんじゅん》の後にそろそろと手を伸ばした。――なんて情けない。

すかさず、もとの位置に座り直した辰彦が口を開く。

「加納さん。あなたが見た霊とやらを教えてくれないか。守護霊ってものなのか」

……この人、怖いんだけどな。辰彦は真剣な目で見つめてくるから、その迫力が恐ろしい。でも先ほどより落ち着いた様子なので、言葉を選びながら返事をした。

「私は個人的に守護霊って信じていません。ただ、そばに寄り添う悪意を向けない存在なのでしょう。いつもは見て見ぬふりをするんですけど、霊の顔が先ほどの女性――香穂さんと仰る方でしょうか、その方にそっくりだったから反応してしまいました」

「今もまだ、いるのかな?」

「いません。私と目が合って消えてしまいましたが、そのうち現れると思います」

そのとき扉がノックされて、使用人と思われる女性が、「弁護士の先生がお見えになりました」と告げた。すると辰彦がパチンと指を鳴らす。

「加納さん、申し訳ないが事故のことを弁護士に話していただけますか。その後はご自宅までお送りします」

「え、いえ、自分で帰ります」

「うら若い女性に夜道を一人で歩かせるわけにはいかない。責任をもって送り届けますよ。ご安心ください」

あなたの笑顔の方が安心できないんだけど。彩霧は急に機嫌よく微笑む辰彦へ不審の眼差しを向け、内心で怯えていた。


翌朝、所属事務所である〝Suono Laboratorio《スオーノ・ラボラトリオ》〟に彩霧が出勤すると、マネージャーの釘貫《くぎぬき》が驚いた顔つきになった。彼は彩霧の松葉杖を指して口を開く。

「どうしたんだ、それ。骨折?」

「いえ、単に捻挫しただけです。ははは……」

穴があったらもぐり込んで蓋をしたい心境だった。テーピングで固定していれば大丈夫だと思ったのに、昨夜の医師は彩霧の身長に見合った松葉杖を用意してくれたのだ。

デスクの脇に大仰《おおぎょう》な松葉杖を置いてパソコンを立ち上げると、釘貫がコーヒー入り紙コップを手に近寄ってきた。

「どーぞ。その足じゃあ、運びにくいだろ」

「すみません、ありがとうございます」

「そういえば昨日、例のコンペの結果が出ていたはずだよ」

「本当ですか！」

例のとは、某有名女性シンガーの新曲を集めるコンペティションのことだ。急いでメールボックスを立ち上げると、企画事務所から不採用を伝えるメールが届いていた。

呻き声を上げてがっくりと肩を落とす彩霧に、釘貫は苦笑が混じる声をかける。

「あの曲、結構よかったけどサビが弱かったんだよねぇ。まだラブソングは難しい？」

「いえ、大丈夫です……」

できれば触れて欲しくない話題なので、視線をパソコン画面へ向けて口を閉ざした。彼はこちらの心情をくみ取ってくれたのか、彩霧の肩を軽く叩いて去っていく。

――ラブソングかぁ……

今の己がもっとも苦手とするところだ。恋愛感情を表現しようとすれば胸の奥が痛い。

はあー、と大きな溜め息を吐いて紙コップへ手を伸ばした。

それから一時間後、オフィスから録音スタジオへ移動しようと立ち上がったとき、スマートフォンが震えだした。画面には〝東雲智治〟の名前。

そういえば昨日、連絡先を交換したっけ。彩霧の脳裏に、仏頂面でスマートフォンを突きつけてきた眉目秀麗な男が浮かび上がる。

一度、天を仰いでから通話ボタンをタップした。

「……加納です」

『こんにちは、東雲です。今、お話をしてもよろしいですか』

相変わらず不機嫌そうな声に、心の中で「よろしくありません」と言っておく。

「はい、大丈夫です」

『今週の金曜日は空いていますか？　夕食をご一緒にと思いまして』

イケメンからデートのお誘いである。やや年が離れているものの滅多にお目にかかれない美男子なので、昨日までの自分なら躊躇《ためら》いつつも頷いたはず。が、どうせ自分を誘っているのは彼ではないのだ。智治は代理人とでもいうべきか。

――私と会いたいのは社長の方でしょう。自分で声をかければいいものを。あと、女を誘うのにその嫌そうな声はやめろ。

「お誘いはありがたいのですが、その日はちょっと用事が……」

『そうですか。私どもとしては、なるべく早く損害賠償額を決めたいのですが』

そういえば彼が連絡をしてくる建前は、交通事故の賠償についてであった。

ただ相手側からすると、損害賠償とは示談金を意味するらしい。これだけくれてやるから、これ以上は絶対に請求するな、と。さらに事故のことは他言無用。そういったすべてのことを含む保証金。彩霧のためではなく、相手側が安心を得るための手段。

資産家とか、社会的地位が高い人は大変だとは思う。同情すべき点もある。……でも。

「あの、それって弁護士さんとお話しするべきことじゃないでしょうか」

『弁護士は社長の自宅に呼びますので、加納さんをそちらへお連れします』

——やっぱりあの屋敷に行くことが決まってるじゃん！　なーにが「夕食をご一緒に」だっ！

絶対に行かない。と、喚こうとする直前、智治の言葉で急速に熱が引く。

『それにこれからしばらくは仕事で関わるので、加納さんと話しておくのもいい機会だと思うんです』

「お仕事、ですか？」

『はい。うちのCM制作をEAST ADVERTISING《イースト・アドバタイジング》という広告代理店に依頼したのですが、CMに使う楽曲はコンペで決めると聞きまして』

「え」

『たしか加納さんがお勤めする事務所にも、コンペ参加の依頼を出すはずですよ』

イースト・アドバタイジング社は規模は小さいものの、インターネット系広告市場で急速に売り上げを伸ばしている広告会社だ。テレビCMでもいくつかの実績がある。

イーストは楽曲を募集する際、誰もが参加できる公募型《バラマキ》コンペではなく、参加を依頼する招待型《クローズド》コンペで開催する場合が多い。

——イーストのコンペなら、たしかにうちの事務所が参加する可能性は大きい。

「東雲さん、お食事ですがぜひご一緒させてください。私がご馳走しますので！」

広告主《スポンサー》の企画情報はぜひとも欲しい。実際に曲を選ぶのはコンペを開催する広告代理店《クライアント》だが、広告主がその曲を「ノー」と言ったら採用されないのだ。彼らのイメージに合った曲を作らねばならない。

『いえ、お誘いしているのはこちらなので、私がご馳走しま――』

「まあまあまあ、そう言わずに！」

うへへへ、と変な声まで漏れた。コンペに関して一つでも多くの情報があれば対策も立てやすい。事務所内の他のクリエイターもコンペに参加するだろうから、ライバルよりも有利になる。リークは反則技だけど、これだって戦略の一つだ。

こちらの奇妙な興奮を感じ取ったのか、智治は、『では金曜日にまた連絡します』と言ってそそくさと通話を切ってしまう。

小さくガッツポーズをする彩霧はニヤリと笑った。


そして金曜日の夜。黒塗りの高級車で連れていかれたのは、銀座にある京料理のお店だった。女将に案内されて通されたのは広めの個室で、どっしりとした重厚感がある上等な空間である。

智治は先に席についており、眺めていたタブレットをテーブルに置いて面倒くさそうに立ち上がった。

「お呼びたてして申し訳ありません」

「いえ、こちらこそありがとうございます」

まずお互いに生ビールで喉を潤《うるお》し、さっそく彩霧が口火を切った。

「東雲さん、御社の主力事業は石油資源の開発と聞いております。CM制作の意図とは、企業としてのメッセージを発信する企業CMを目的としたものでしょうか。それとも石油製品の販売部門があって、消費者へのPRを目的とした商品CMがご希望なのでしょうか」

今日までの間に、東雲資源開発については調べていた。石油を主とする地下資源の調査から開発まで、総合的に取り扱う企業であると。

智治は彩霧の勢いに引きつつも答えてくれる。

「企業CMです。それより料理を頼みませんか」

「はい。では企業CMですと……新卒者向けのリクルート対策でしょうか。それとも取引先や従業員へ向けたインナー対策とか。あるいは投資家をターゲットとしたステークホルダー対策なども考えられますね。御社はどのようなお考えでしょうか」

不機嫌そうな智治の顔つきが、複雑かつ微妙なものになっていく。彼は身を乗り出す彩霧を手で押さえる動作で止めると、店の者を呼んで料理を頼んだ。

すぐに色とりどりの鮮やかな料理がテーブルに運ばれてくる。

「加納さん、あなたが仕事熱心なのはよく分かりました。でもまずは食べましょう」

「あ、そうですね。いただきます！」

まだまだ訊きたいことはあったが、美味しそうな料理を目の前にしたらさすがに意識が逸れる。空腹なのもあってさっそく箸を取った。

智治は会席料理を頼んだらしく、芸術品ともいえる美しい料理が並ぶ。食べながら彼が話しかけてきた。

「この後、社長の自宅で弁護士と賠償額を決めたいと思います。遅くなるのでご自宅へは必ず送り届けますから」

「でも、この場に弁護士さんをお呼びした方が、話し合いも早く終わりませんか」

「まあそうですけど……我々にも都合があって」

歯切れの悪い言い方でピンときた。

「それってお父さまの都合なんですよね」

お父さま？　と、智治が本気で意味が分からないといった表情で首を傾げるので、彩霧も同じように首を傾げてしまう。

「えっと、社長さんのことです。お父さまだと思っていたのですが……」

彩霧が本気で混乱していると、智治は得心がいく顔になって「ああ！」と声を上げた。

「社長は私の叔父です。父親ではありません」

「――失礼しました！」

勢いよく頭を下げた。早合点が恥ずかしくて顔を上げられないでいると、気をきかせたのか智治は話題を逸らしてくれる。

「そうそう、私も音楽活動には興味があるので、加納さんとは個人的にお話ししたいと思っていたのです」

今までの彼の態度は、個人的に話したい女へ向けるものではないと思ったが、社交辞令だと分かっているので指摘しなかった。

それよりも共通の話題が出て、少しだけ気持ちが軽くなる。

「……音楽がお好きなんですか」

それはもう、と強く肯定する声にのろのろと顔を上げる。

「意外です。音楽サイトに自作の曲を載せるとか、同人活動をされているとか？」

「いえ、作曲までは……。個人的に演奏をするぐらいです」

「何を弾かれるのですか？」

「エアギターを少々」

――はっ？

彩霧の脳内で〝エアギター〟なる楽器を検索するが、まったくヒットしなかった。

しばらくして、それはいわゆるエアなギターではないかとの結論が出る。

エア――つまり空気である。と、脳が理解した瞬間、まじまじと目の前に座る美男子を凝視してしまった。

たしかエアギターとは、ギターを弾いているように演技をすることではなかったか。それは音楽というよりパフォーマンスではないか。実際の音楽はどうなっているのか。

彩霧の混乱を感じたらしい智治は苦笑を零《こぼ》した。

「やはり本職の方には、エアギターなど邪道だと思われますか」

「いっ、いえいえいえ、そんなことありません！」

まずい、スポンサーの機嫌を損ねるわけにはいけない。彩霧の脳がフォローをしようと高速回転するが、エアギターなんて一度も見たことがないので、何をどうフォローすればいいのかサッパリ分からなかった。

冷や汗をかいて言葉を探す彩霧をよそに、智治はタブレットを操作して動画サイトのページを見せてくる。

「これ、エアギターの世界選手権で優勝した日本人の動画なんです」

「世界選手権なんてあるんですか……」

若い女性がエアなギターを弾いて激しい動きを披露している動画だった。「ヒャアオォウゥ――ッ！」とのシャウトが純和風の個室ではあまりにもそぐわない。

彼女のパフォーマンスはロックバンドのギタリストの動きにも似ているが、彩霧にはギターを弾くというより、踊り狂っているようにしか見えなかった。目が点になる。

――このイケメンもこんなふうに頭を振り回して、海老反りダンスをするのかしら……ぎっくり腰になりそう。

しかし彩霧はいまだ茫然とする己を叱咤《しった》し、むりやり笑みを浮かべて智治へ顔を向けた。

「素晴らしいですね！　このようなライブがあるとは今まで知りませんでした！」

すると智治はパッと明るい表情になる。今までの不機嫌で他人行儀な態度を崩し、嬉しそうに小さく微笑んだ。

「そう言ってくれると嬉しいよ。今度、一緒にライブへ行ってみる？」

行きたくないです。はっきり言ってやりたかったが、この人は腐ってもスポンサーだと己に言い聞かせて何度も頷く。すると次の週末にライブへ行く約束が成立してしまったではないか。……泣けた。

それから食事を終えるまで音楽について話していた。初めの頃は智治が情熱的にエアギターを語るので、彩霧がやんわりと話題を逸らす攻防が続いていたものである。

その後、相変わらずゴツイ黒服連中に囲まれて車で東雲邸へ向かった。

智治に案内された部屋の中央のソファには、辰彦が座っていた。彼は彩霧を認めて立ち上がるとこちらへ近づいてくる。

ひ、と短い悲鳴を上げた彼女の体が強張《こわば》った。思わず一歩、後じさる。

ふらついた肢体を智治が背後から支えてくれたが、礼を述べることさえできずに辰彦を凝視した。

──怖い！

蒼褪《あおざ》める彼女の顔を眺める辰彦は、本人とは真逆に微笑んでいる。

「私のそばに霊がいるのかな？」

「……はい」

今日は〝彼女〟と目が合っていないせいか、辰彦の背後に寄り添う霊は逃げていない。彼を一途に見つめるその女性は、白く細い腕で男の体を抱き締めていた。長い髪までも巻き付くようで、執着の深さをまざまざと感じ取る。

硬直した彩霧の肩をそっとつかんだ智治が、ゆっくりとソファへ促してくる。なるべく辰彦を見ないようにして歩き、へなへなと座面へ腰を下ろした。

テーブルに三人分のお茶とお菓子が並べられてから辰彦が口を開く。

「加納さん、ここへお呼びしたのは交通事故の賠償を話し合うためだが、その前に訊きたいことがある」

まあ、そうだろうな。彩霧は顔を上げて小さく頷いた。

「私のそばにいる霊とは、昨夜あなたを車に乗せた女性と同じ顔をした人だろうか」

「はい……。さ、最初はあの着物の女性が生霊になったのかと思いましたが、いま東雲社長のそばにいる霊は死者の色を表しているので、間違いなく別人です」

「へえ、そんなことが分かるの」

肯定すると辰彦は嬉しそうに微笑んだ。その表情を見た彩霧は思い切って声を放つ。

「あの、亡くなった方へ執着することはお勧めしません。決して会うことが叶わない人を望みすぎると、行きつくところは死の世界になってしまいます」

生者は死者と共に生きられない。遺された者は現世《うつしよ》を生きていくしかない。

でもたとえ霊であっても、心を寄せる者がそばにいると分かってしまえば、目に見えなくてもそれを求めてしまう。

やがて、会いたいならば己も同じ霊になればいいと心が死者に引き寄せられる。

それは自ら命を絶つ行為につながる。この世に存在しない人に縋《すが》っても未来はないのに。

破滅を恐れる彩霧が不安を瞳に浮かべて辰彦を見つめる。しかし彼は、ふふ、と小さな笑い声を上げた。

「ご心配なく。自分の立場や責任は理解しているよ。今ここですべてを投げ出すつもりはない」

「…………」

「今日は私に取り憑《つ》いている霊とやらを知りたかったんだ。加納さんから見てどんな感じの人？」

「顔は、昨日の女性にそっくりです。でも霊の方が少し色っぽいというか……。あと、髪が長くて昆布みたいです」

ぶはっ、と辰彦が噴き出した。

「後は……ずっと社長さんの顔を見つめています」

「そう。私には見えないのが残念だよ」

心から無念そうに溜め息を吐いた辰彦は、ふと左側へ顔を向けた。彼を見つめる霊が嬉しそうに微笑み、唇をそっと重ねる。慌てて彩霧は下を向いた。

辰彦はもちろん何も感じないので、すぐに顔を正面へ戻す。

「明日から中東へ出張でしばらく戻ってこれないのでね、今日、君と話をしたくて強引にここへ来させてしまった。申し訳ない」

なるほど、不在にするから無理やり引っ張ってきたのか。彩霧は乾いた笑いを漏らしつつ、「大丈夫です」と告げておいた。辰彦もCMのスポンサーなのでご機嫌を損ねたくない。

「ちょっと訊きたいんだけど、この霊って日本を離れてもついてくるの？」

「確証はありませんが、それだけの執着ならどこへでもついていく気がします」

「そう」

彼の嬉しそうな表情を見て再び彩霧は顔を伏せる。死者に心を囚われる人を見るのはつらい。

その後、彩霧へ礼を述べた辰彦が部屋を出ていくと、入れ替わりで弁護士が入ってきた。智治が加害者側の代表となって賠償額を決めるらしい。ようやく本題に入った。

しかし最終的にまとまった金額は、彩霧が想像もしていない数字だった。

「こんなにいただけません……」

逡巡する彩霧へ智治が麗しい笑みを浮かべる。

「受け取りにくいなら、今後も社長に会ってくれる礼金と考えて欲しいかな」

——やっぱりそういう意味があるじゃん。霊なんて見続けたくないのに。

だがそこで以前から疑問に思っていたことを思い出す。

「あの、霊感があるなんて眉唾《まゆつば》だと思われなかったのですか。もしくはペテン師とか」

「加納さんはそういう人？」

「違いますけど、東雲さんたちがまったく私を疑わないので不思議なんです」

この世の大半の人間は霊を視《み》ることができない。幽霊の存在を信じない者は霊感を認めないし、信じるふりをして内心で嘘つきだと嘲笑《あざわら》う人も多い。

なので東雲氏二人が、無条件にこちらの主張を受け入れるから奇妙に思われたのだ。

すると智治は、「ああ」と、声を漏らして頷いた。

「社長に取り憑くほど執心する人ってね、心当たりは一人しかいないんだ。で、その人って昨夜の着物の女性と瓜二つ。でもそんなことは社長と接点がない君には知ることができないだろ」

二人きりで食事をしてから、智治の態度と口調がやけに砕けている。彩霧はそれに少し面映《おもは》ゆさを感じつつ、「理由って、それだけですか」と突っ込んでみた。

「私や社長は異能力を持つ人間がこの世に存在することを知っているから、加納さんのような人がいても不思議じゃないと思っている」

「……そうなんですか？」

「ああ。だから社長は、今後も君と会いたいと言ってるんだ」

己に取り憑く霊が視たい。でも辰彦には視ることができない。だから確実に存在することを教えて欲しい。――間違いなく自分のそばにいると。

政治家や実業家が占いにハマる心理と同じなのかもしれない。彩霧は軽く悩みつつも即答を避け、両手を組み合わせて瞼《まぶた》を閉じる。暗く閉ざされた闇の中で、辰彦に口づける白い姿が思い浮かんだ。

「……わかりました。社長さんのお気持ちも理解できます。ときどきでいいならこちらへ参りましょう」

故人を想う気持ちはとても切ない。今の自分にはそれを無下にできない心情がある。

決して会うことが叶わないのに、ひとめでも会いたいと願う心は純粋だ。おそらく辰彦の妻であろう女性の執心と、彼女に取り憑かれることを喜ぶ彼の関係が羨《うらや》ましかった。

……そう、自分は羨んだのだ。死しても尚、お互いを想う気持ちを抱き続ける彼らのありようを。

胸の奥からこみ上げる感情を押し殺していると、視界の端で智治が自分を見つめているのを認めた。彼が何かを言う前にこちらが口を開く。

「もうそろそろ……、お暇《いとま》をしてもよろしいでしょうか」

智治が頷くと、損害賠償額を記した書類を弁護士が提示する。彩霧はきちんと内容を確認してからサインをした。

智治は約束通り自宅まで送ると車を用意してくれた。玄関前まで見送りにきた彼へ向き合い、深く頭を下げる。

「ではこれで失礼します。おやすみなさい」

「ああ。次の週末に迎えに行くよ」

そういえばライブに行く約束をしていた。彩霧は曖昧《あいまい》に微笑むと、おやすみと告げる智治に会釈して車へ乗り込む。

やがて自宅マンションへ送り届けられた彩霧は、運転手へ礼を告げてエントランスへ入った。集合ポストのダイヤル錠を回して郵便物を取り出そうとする。

——あれ、開かない。

数字が記されたダイヤル錠は、毎日同じ動作で開錠を繰り返しているため、数字を見なくても鍵を開けられるほど体が覚えている。なのに今日は鍵が開かない。

ポストの中身が荒らされた様子はないので、誰かが間違えて回したのだろう。

深く考えずに彩霧は郵便物を持って三階の自室へ向かう。中へ入って明かりを点けると、真っ先に同居人へ声をかけた。

「ただいまー、うりちゃん」

部屋の奥から、「んわーう」という奇妙な鳴き声が微かに聞こえてくる。猫らしくない声だが立派な猫で、メインクーンという世界最大の猫種だった。

彩霧は郵便物をデスクの上へ置くと、愛猫《あいびょう》の姿を求めて狭い1Kの部屋を眺める。

いつも帰宅すると、のっそのっそと毛むくじゃらの塊が近づいてくるのに、今日は一向に姿を見せない。声が聞こえる方角をきょろきょろと見回せば、ベッドの下にシルバータビー&ホワイトの毛並みが丸くなっていた。

「どうしたの、そんなところで。ほら、おいでー」

手を伸ばしてずるずると引っ張り出せば、大きな猫は体を丸めて怯えている。どうしたのだろうかと抱き上げた。……十キロ以上も体重があるので、地味に重い。

「うりちゃん、もしかして何か壊しちゃったの？」

この部屋にはパソコンの他、電子ピアノやエレキギター、モニタースピーカー、ヘッドフォン、マイク等がある。一応すべての機材をチェックしてみるが、別に異常はない。

……ただ、なんとなくパソコンや配線ケーブルの位置が、いつもと微妙にずれている印象があった。気のせいだろうか。

そこで再び違和感を抱いた。集合ポストのダイヤル錠で感じたときと同じ感覚を。

なんだろう。何かが違うような気がする。まるで自分の部屋とそっくりな他人の部屋に入り込んでしまったかのような、奇妙な気持ちだ。

理由の分からない不安に苛《さいな》まれて、彩霧は貴重品が入った箱の中身をチェックしてみた。

しかし変わったところはない。キャッシュカードや印鑑、保険証書なども全部ある。今週、銀行から引き出した数枚の一万円札も減っていない。

だけど足元から這い上がる気味の悪さがなかなか消えてくれない。なぜ猫は怯えているのだろう。

彩霧は狭い部屋の中央で、愛猫を抱いたまま立ちつくしてしまった。

第二章　異変

　翌週の土曜日。智治と約束したエアギターのライブへ行く日である。彼は午後五時に迎えに行くと言っていたため、彩霧は十五分前にはマンションの前で待っていた。

　眠い。今週は総じて寝不足である。先週の金曜日に抱いた奇妙な違和感が気になって、部屋にいても落ち着かないのが原因だった。眠りも浅い。

　でもたぶん、気のせいだと思う。飼い猫もあれ以降は怯えることもないし、郵便ポストのダイヤル錠も変わったところはない。

　女の一人暮らしなので神経質になってしまったのだろう。そう自分に言い聞かせた彩霧は再び大きな欠伸《あくび》を漏らした。

　正直なところ部屋に戻って眠りたい。ライブへ行くことは好きなのだが、エアギターライブには興味がないのだ。しかしＣＭスポンサーとの約束を反故《ほご》にするわけにはいかない。

先日、イースト・アドバタイジング社から正式にコンペ参加の依頼が来た。東雲資源開発株式会社の、企業CMに使用するオリジナル楽曲の募集。

日経の企業イメージ調査で、東雲資源開発の順位は四百位以下と、大企業の割には低い。広告主は知名度や好感度といったブランド価値の底上げを狙っている。

一昔前よりテレビを見る人間が減少し、録画機器がCMをスキップする機能を搭載しているといえども、まだまだ広告媒体としてのCMの影響は大きい。ウェブCMも同時に流すとのこと。

コンペには同じ事務所の他のクリエイターも参加を表明している。締め切りは来週の金曜日、二十三時五十九分まで。あと一週間しかないのだ、負けられない。

作曲を強く意識すれば自然と鼻歌を口ずさんだ。

彩霧がメロディを組み立てる場合、まずは鼻歌で骨組みを決めている。これならば歩きながらでも作曲できるので、スマートフォンには録音アプリがスタンバイしている。

瞼を閉じ、人差し指を指揮棒《タクト》代わりに振りながらフンフンと旋律を歌う。

――このメロディラインはいいな……でも高揚感が足りない……

いい気分で作曲していたとき、ふと視線を感じて目を開けた。いつの間に到着していたのか、ぽかんと呆けた表情の智治がこちらを見つめているではないか。

――見られた！　鼻歌を歌ってるアホ面《ヅラ》を！

顔から火が出る思いの彩霧は、真っ赤になって直角に俯いた。が、智治は嗤うわけでもなく感心した声を出す。

「もしかして作曲してた?」

「はい……東雲さんとこのCM曲を……」

「ああ!　いい曲ができそう?　楽しみにしてるよ」

いい曲を作りますから採用して。と、訴えたかったがグッとこらえた。コネ採用されても、それがイマイチな作品だったりCMの目的に合わない楽曲だと、宣伝効果が発揮されないうえにCMの価値そのものが低下する。

スポンサーは笑っちゃうほど莫大な金額をCMに投入しているのだ。大金をドブに捨てさせるわけにはいかない。広告代理店からの次の依頼も途絶えてしまう。

自分にできることは広告主から楽曲に対するイメージを引き出すことだ。

「あの、実はサビの部分は決まっておりまして、ご意見をいただけたらと思うのですが」

「もうできたんだ、早いな。ぜひ聴かせてくれ」

そういうのはまずいのではないか、と説教するタイプではなくて助かった。彩霧はスマートフォンを出して録音しておいたサビの部分を再生する。まだ短いメロディだが、コンペではここが良くなければ曲の採用はあり得ない。ドキドキしながら智治の表情を窺う。

すると聴き終わった彼は首を捻った。

「なんか思っていたのとだいぶ違うな。悪くはないんだけど……企業が持つ底力をまったく感じられないって印象がある」

「もうちょっとインパクトがある方がお好みですか？」

「ああ。派手すぎても駄目だけど、大人しすぎるのもちょっと」

「……作り直します」

難しい。楽曲はサビで判断されるといっても過言ではないため、ここは素直にやり直そう。

でもこれは不幸中の幸いかもしれない。このまま曲を完成させていたら確実に不採用だった。これだけでも行きたくないエアギターライブに行く価値はある。

だがそこで思う。自分はいいとして、彼の方は付き合ってもいない女と休日にライブへ行く意味はあるのだろうか。

疑問を含めた視線で、かなり高い位置にある美貌を見上げていたら気づかれた。

「何？」

「いえ、その……、東雲さんは面倒ではありませんか？　私に会いたいのは社長さんなのに、こうやって東雲さんが動かれるのは」

使いっぱしりだなんて、本人的には不満じゃないのだろうかと不思議に思っていると、案に相違して智治は破顔している。

「音楽業界の人と話ができるのが楽しいからな。そういった知り合いはいないし」

……そりゃあ、エアなギタージャ音楽は語れないでしょ。

彩霧は顔面に営業スマイルを貼り付けながら相槌を打つ。業界で働く者から見れば、まったくもって理解しにくいジャンルである。

「それにいつもライブは一人で行くから、誰かが一緒っていうのが楽しいんだ」

そうなんですか、と彩霧は微笑みながら智治の顔を盗み見る。下から見上げる整った顔は、硬質の色気があって実に男前だ。

今日の彼は当然ながらスーツ姿ではなく、オフホワイトのリネンシャツにグレーのアンクルパンツといったカジュアルな装いだった。それでも品の良さは隠しようがない。

イケメンで大企業の取締役。そんな彼が恋人でも友人でもない女へ休みの日に声をかけるなんて、一緒にライブを楽しんでくれる女がいないのだろう。……私も嫌だ。

しかしなぜエアギターなのか。彼ほどの人なら、本物のギターなどいくらでも買えるだろうに。

生温かい気持ちを抱きつつ、護衛たちが待つ車に乗り込んだ。

やがて到着したライブハウスは、地下二階にあるアマチュアバンドの出演が多い小さな会場だった。開場の午後六時になると、入り口にたむろしている人々が地下へと吸い込まれ始める。

彩霧は大学生の頃、バンドを組んで歌っていたため、こういった場所は懐かしい。でもその記憶には苦みが多分に絡まり合っている。目線を伏せて智治に続いた。

最前列は熱心なファンが固めて近づけないので、その後方、ホール中央あたりで開演を待つ。エアギターライブといっても小さな箱を満員にするほどのファンはいるらしく、結構な混みようだった。

午後六時半。大音響のハードロックミュージックと共にアーティストがスライディングしながらステージに登場した。見かけはごく普通の男性たちだったのだが……ライブは彩霧が想像した斜め上を飛び交う異世界だった。

最初に登場したバンドは、曲に合わせて肩車をした二人が上下でエアギターを始めた。……上の人が途中で落っこちたけど、観客は余計に盛り上がっている。どうもそういうのがお約束らしい。

怒号にも似た歓声がライブを盛り上げ、ぐわんぐわんと空間が揺れて熱気が渦巻く。はしゃぎまくる観客が飛び跳ねて沸き立つ。

その中で彩霧は茫然としていた。

——エアギターライブって、誰も演奏しないんですね……

エアなギターだから奏者は音を出せないと分かっていたが、サポートメンバーがギターを弾くと思い込んでいた。が、実際は録音したサウンドを流すだけで、まさしく当て振り

――楽器を弾くフリー――だ。

彩霧はヒートアップする周囲に合わせることもできず、呆けたように派手なオーバーアクションを眺めるしかなかった。

ふと、隣にいる連れの存在を思い出して横目で見上げる。智治は他の観客たちと同化して一人で盛り上がっており、彩霧が消えても気づかない様子だ。

先に帰ってもいいだろうかと思ったが、それはさすがに失礼すぎるので、ステージを見たり周囲を観察したりして時が過ぎるのを待った……。

すると壁際に、自分と似たような様子で、この場をじっと耐えている智治の護衛を見つけた。いつも無表情を貼り付ける彼らにしては珍しく、なにかを耐え忍ぶ感情が如実に現れている。

お仕事ご苦労様です。彩霧は心の中で同情しつつぼんやりとステージを眺め続けた。

今日は三つのバンドが交代で出演する対バン形式ライブで、交代時間を含めて閉演したのは午後八時半である。人だかりがライブハウスから吐き出され、ようやく帰れると彩霧は安堵した。

しかし智治が近くのバーへ誘ってきたため、心の中で泣きながらついていく。ライブの後、仲間と飲みに行って語りたいと思う気持ちは理解できるのだ。

でも自分は語るものなどないうえに、集中できないライブで突っ立ったままだから体力を消耗している。おまけになかなか帰れず、コンペの作曲をする時間がどんどん削られている。

知らず知らずのうちにストレスが溜まっていた。この状況で仕事絡みの人間に愛想をばらまけるほど、己の精神力は鍛えられていない。

だから智治から、「ライブ、どうだった？」と笑顔で問われたとき、テーブルに両肘をついて組み合わせた手に額を乗せ、顔を伏せたまま本音を漏らしてしまった。

「音楽がしょぼい。高校生のお遊びと言いたいレベルの低い曲。ギターをめちゃくちゃに弾いているとしか思えない。メタル風にしたいならもっと低音をきかせるべき。ブレイクダウンにシンセ入れてもいいのに、楽曲についての勉強が足りない」

だいたいロックやヘヴィメタルを弾くには優れたギタースキルが必須なのだが、バンドメンバーの曲は楽器を弾く練習をしているとは思えない出来だった。

と、つらつら辛口な感想を述べたところでハッと我に返る。

――いかん、スポンサー様を相手にディスってしまった。

おそるおそる俯いた状態から顔を上げると、意外なことに智治は感心した顔つきになっている。

「なるほど、作曲家だけあって音楽の感想が出てくるんだな。ステージパフォーマンスはどうだった？」

……そっちの感想か。首の皮一枚でつながったとドキドキする彩霧は、心臓を服の上から押さえて、「すごかったです。エアギターに対する概念ががらりと変わりました」と無難な答えを述べておく。本当にいろいろな意味ですごいライブだった。いろいろと。

言葉をオブラートで包み、やんわり答えておいたのに、智治はにこりと極上の笑みを浮かべ、「じゃあ、次のライブにも行こうか」と誘ってきた。

――やめてぇ！　これ以上、付き合っていたら夢の中でもエアギターが出てきちゃう！

そのとき、バッグの中でスマートフォンが振動し始めた。なんていいタイミングかとすかさず立ち上がって智治に謝り、店の入り口近くで電話に出る。

席に戻ってきた彩霧の表情はかなり強張っていた。

「どうかした？」

「あ、いえ……予定していた仮歌《かりうた》歌手の方がキャンセルになってしまって……」

「仮歌？　何それ」

「二種類の意味があるんですけど、ここでいう仮歌とは言葉通り〝仮の歌〟です。適当な歌詞をつけてシンガーさんに歌ってもらった曲になります。コンペに出す曲はみんな仮歌ですね」

「もう一つの意味は？」

「アーティストが新曲を歌う際、どういうふうに歌えばいいか手本《ガイド》として歌ってあげることを指します」

「え、そんなことをするのか？」

「よくありますよ。アイドルグループの子とかは、楽譜なんて読めませんから」

音符が並んでいる譜面を見て、それを曲として即座に理解できる人は意外と少ないのだ。

しかし仮歌歌手がキャンセルになったのはかなりの痛手だった。何度も依頼をしている信頼ある人なのだが、急性咽頭炎になったと言われては仕方がない。締め切りまでに全快するかは本人も分からないだろう。

彩霧は残っていたビールを飲み干すと智治へ頭を下げた。

「すみません。代わりの仮歌歌手さんを探さないとコンペの締め切りに間に合わないので、今日はここで失礼します」

もう数人、懇意にしている歌手はいるのだが、その人たちはすでに他の作曲家に予定をキープされていた。最後の一人が頼みの綱だったのに。

仮歌歌手探しはかなり難航する。歌手になりたい人間はごまんといるが、こちらの条件に合う人はなかなか見つからないのだ。

実は仮歌歌手の実力によって、コンペの勝負が左右される場合もある。選考側の、「シンガーがもっと良ければいい曲なのに」との批評は聞き飽きていた。

焦る彩霧が腰を浮かしたとき、突然、智治が笑顔で自身を指さした。

「だったら、私が歌おうか？」

「――はあぁあ？」

スポンサーに対して思いっきり不信な声を出してしまった。

――なに言ってんだこの人。ド素人に大事なコンペの曲を歌わせるわけないでしょ！

言葉にしなかったものの、感情が顔にバッチリ出てしまったらしい。智治は視線を下げて落ち込んでいる。――まずい、スポンサー様の不興を買ってしまう。

「あのっ、えぇっと、今回の曲は……そう、東雲さん方がご依頼になったＣＭの楽曲だから、東雲さんに歌ってもらうわけにはいかないんです！」

するとと顔を上げた智治が不思議そうに首を捻った。

「なぜ？」

「なぜって……曲を選ぶ際に手心を加える可能性があるじゃないですか。東雲さんが自分が歌った曲を選びたいって」

「ありえない。曲を選ぶのは広告代理店とうちのＣＭ企画の担当者たちなんだから。私は確認のために聴くぐらいだよ」

……だから、その企画の人たちが問題なんだって！　自分とこの役員の声が聞こえてきたら、従業員はビビるに決まってるでしょ！

「そっ、それに、東雲さんがちゃんと歌えるか聴いてみなければ判断できません」

「じゃあ、今からやろうか」

「へっ」

「さすがにここじゃ歌えないな。――加納さんちなら、ちょうどいいんじゃないか？」

――いっやあああぁ！　なに考えてんのこの男！　その顔で女に不自由してるわけじゃないよね！

泣きそうな気持ちで、異性を家に上げたくない旨をやんわりとお伝えする。しかし彼はパンと手を合わせ、とてもいいことを思いついた、とでも言いたげな顔つきになった。

「男の私を招きにくいなら、女性の護衛をそばに置けばいいよな。加納さんも安心するだろ」

「……は？」

理解が追いつかずに茫然としてしまう。すると彼は彩霧の目の前で、入り口近くで待機している己の護衛を呼び寄せ、指示を出している。

――ほ、本気でうちに押しかける気ですか。いくらスポンサー様でも勘弁して欲しいんだけど……

しばらくすると先ほどの護衛が、「手配を済ませました」と智治へ告げている。女性の護衛のことだろう。どうやら彼が自宅に来ることが決定したらしい。

引き攣《つ》った笑いを浮かべる彩霧は、追加された生ビールをやけくそで一気飲みした。

その後、彩霧は智治の車に乗って自宅へ向かっているうちに、瞼が少しずつ閉じようとしていた。現実逃避も手伝っているのかもしれない。

ふと、彩霧はそんな己の心理状態を奇妙に思う。

智治はエアギター愛好家ではあるけれど美男子で、社会的地位も高い。年齢は離れているが優良物件に当たる男だろう。なのになぜ自分はこうも彼を忌避《きひ》してしまうのか。

酔いが回っているのかしばらく答えが出なかったが、そのうちに辰彦と、彼に取り憑く霊が脳裏に浮かんで背筋が粟立《あわだ》った。

――私には化けてくれなかったのに。

振り返っても背後には誰もいない。周囲を見渡しても、どこかに隠れて自分を見ているわけではない。たまに霊から追いかけられるが、あの人ではない。

辰彦のように取り憑かれない己が惨めだった。彼を見ていると、自分たちの関係がどれほど希薄だったかを突き付けられるようで。

強く拳を握って歯を食いしばり、こみ上げる情動をこらえた。

やがて自宅マンションに到着して車から出ると、似たような黒いセダンから二人の人影が降りてきた。

一人は智治よりも背が高い巨漢の強面《こわもて》だ。もう一人は自分と同じぐらいの背丈の、黒いパンツスーツを着用している可愛い女性だった。

近づいてきた二人のうち、女性の方を智治が紹介する。

「加納さん、この子が例の護衛。彼女を同席させるから」

「はじめまして、澤上《さわがみ》と申します！」

こんな小柄で可愛い子が護衛とは意外だった。

ぺこりと頭を下げる彼女の笑顔は柔らかくて親しみがもてる。今まで厳《いか》つい男性ボディガードしか見ていなかったから、失礼だけど本当に人を護れるのかと疑問視してしまった。

彩霧は内心で動揺しながらも、よろしくお願いしますと頭を下げておく。

すると澤上は真剣な顔つきになった。

「ご安心ください！　専務、いえ東雲から必ずお守りしますから！」

「はあ……」

元気そうな人だが、彼女は智治に雇われる護衛ではないのだろうか。疑問を抱えていると、意に介さない智治がマンションへ入ろうと彩霧を促した。

「部屋って何階？」

「あ、三階です。三〇三号室」

マンションは四階建てで、エレベーターは設置されていない。階段を上る彩霧たちの後を澤上がついてきた。もう一人の大男は帰ったのか姿は見えない。

「……あの、東雲さんって専務さんなんですか？」

気になったので歩きながら尋ねてみた。以前、東雲邸で受け取った名刺には事業本部長と書かれてあった覚えがあるのに。

するとと智治は、「ああ」と呟きながら名刺入れを取り出し、渡してくる。……休日でも名刺を持ち歩いてるのか、この人。

「私は彼らが所属する警備会社の取締役もやっているんだ」

手渡された名刺には『株式会社ＲＰＳ』とある。智治曰く、社名のＲＰＳとは、Research & Protection Serviceの略で、調査と警護を専門とする企業らしい。東雲資源開発の子会社でもあると。

それを聞いて彩霧は納得した表情を見せた。なるほど、それでこんな夜遅くにもかかわらず人を動かすことができたのかと。

話しながら階段を上っていると、どこからかドアを開閉する音と、ピアノの旋律がかすかに聞こえてきた。智治は不思議そうな表情で彩霧を見る。

「このマンション、音楽家が集まっているのか？」

「音楽学部の学生ですね。ここは夜遅くまで楽器の演奏が可能な物件なので」

やや古い建物だが防音設備は整っている。家賃は安くはないが目玉が飛び出るほど高くないので、音楽を学ぶ学生が多く住んでいた。

すぐにたどり着いた自室の前で鍵を取り出し、智治の顔をチラリと見上げる。

「先に言っときますけど、狭いですよ」

「気にしないよ。私も子供の頃は、こういった住まいで暮らしていたから」

……それはどういう意味なのかと不思議に思ったが、プライベートを詮索したくはないので無言で鍵を開ける。

小さな玄関スペースで靴を脱いだ彩霧と智治だが、澤上はその場で腕を背中側で組み、不動の姿勢をとる。

「え、どうぞ上がってください」

しかし澤上はにこりと微笑み、「お気になさらず」と立ったまま動こうとしない。智治から、護衛とはそういうものだと諭されて、そういえば他の護衛さんも立ちっぱなしだったと思い出した。

でもその方が助かる。自分の部屋は九・六畳しかない1Kのうえに、ベッドとオーディオ機器が場所を取って狭い。

デスクチェア以外に椅子もないし、と思いつつ奥の部屋の扉を開ける。すると智治の口から「あ」との声が漏れた。

「んわぁーう」

飼い猫が部屋の中央に座ってこちらを見つめている。立ち止まった智治は猫を見て破顔した。

「大きな猫だな。可愛い。毛並みが綺麗だ」

「名前は〝うりちゃん〟です。……訊くのを忘れていましたが、猫は大丈夫ですか？」

「ああ。大好きだよ」

彼の様子から猫好きであることを察したのか、愛猫がのっそのっそと近寄ってくる。跪いた智治はもふもふの毛並みを優しく撫でた。

その様子を横目で眺めつつ、彩霧はパソコンとオーディオ機器を立ち上げていく。

——さて、何を歌ってもらおうか。

仮歌歌手の募集をかけた場合、応募者へは必ず三種類の歌デモをチェックさせてもらう。R&Bなどのバラード曲、ポップで明るいアイドル曲、リズムと力強さが際立つロック曲、である。

「……東雲さん、ロック系で好きな曲はありますか？」

エアギターファンだからロックが得意だろうかと訊いてみれば、返ってきたのは七〇〜八〇年代の洋楽だった。デスクに頬杖をついていた彩霧の腕がカクリと崩れる。

やたらと古い。年齢を尋ねてみたら三十六歳だという。ちょうど自分より十歳年上だ。まあでも、それが好みならばと手持ちの音源の中から曲を選び、音声ファイル変換ソフトを使って、ボーカルのみを消去しカラオケを生成する。

一度智治に聴いてもらってからヘッドフォンを渡し、マイクスタンドの前に立たせた。

「では歌ってください。お願いします」

期待と不安をない交ぜにして智治を見つめると、彼の声を拾ったマイクから、ぐわぁんと大音量が流れ始めた。

声がデカい！　彩霧は慌ててパソコン画面のフェーダーを調節し、ボリュームを下げて歌声を分析する。

……ド素人の割には悪くない。細めの体にしてはむちゃくちゃパワーがあり、肉声に厚みもある。そして表現力が独特だ。ピッチとリズム感も特徴的。これは――

彩霧は途中で歌を止めた。「ここまで？」と首を傾げる智治へ難しい眼差しを向け、少し悩んでから口を開いた。

「……仮歌ですが、こちらとしては今の東雲さんを使うことはできません」

「え！」

「ただ、矯正できる可能性が大いにありますので、少しやってみましょう」

智治に簡単なボイストレーニングを施してみた。腹筋と横隔膜を意識しつつ呼吸を整える基本中の基本。そして口角を常に上げることを意識させる。

この程度でもかなりの変化が期待できたので、R＆Bを歌わせてみた。

……思った通り先ほどよりも声がぐんと伸びている。というか無駄に色気を醸し出す歌い方だから背筋がゾクゾクした。

実は仮歌で重要なのは〝楽譜通りに歌う〟よりも〝感情を込める〟だったりする。もちろんメロディを正しく歌ってもらうことは大前提だが、それだけでは単に綺麗で正しい歌にしかならない。音楽とはそうじゃない。

楽曲にパワーを注入できるのは、感情を表現するシンガーの人間力なのだ。

――うん、すごくいい。この声をイメージするだけでメロディが浮かぶ。もっと高音とミドルボイスを鍛えれば曲の幅も広がるはず。お宝を見つけたかもしれない！

今からだとコンペの締め切りに間に合うかは微妙だが、この声には歌わせてみたいと思わせる魅力がある。たぶん、本気でボイストレーニングを積めば化ける。

薄笑いを浮かべながら一人で悦《えつ》に入《い》る彩霧を、智治が顔を引き攣らせて見つめていた。彼女は視線にまったく気がつかないが。

そのとき、コンコン、とキッチンへ続く扉がノックされた。どうぞと声をかけると、顔をのぞかせた澤上が智治へ視線を向ける。

「専務。緊急連絡が入っております」

「……わかった」

急に声を潜めた智治は、彩霧へ詫びてキッチンへ向かう。しばらくして戻ってきたとき、小さなメモ帳とペンを持っていた。おまけに先ほどとは違う厳しい表情でこちらを見つめてくる。

どうかしましたか、と尋ねようとする前に彼は人差し指を立てて形のいい唇に添える。黙っていろとのジェスチャーに彩霧は目を見開いた。

彼女へ差し出されたメモ帳には、『今から書くことを声に出さないで。驚いた声も出してはいけない』と書かれている。――え、どういうこと?

智治はメモ帳をめくって新しいページに書きなぐった。

『この部屋に盗聴器が仕掛けられている』

反射的に両手で口を塞ぎ、ひっ、と声が漏れるのを必死に止めた。

なんでそんなものがあるの。彩霧は〝盗聴器〟の単語を凝視したまま固まってしまう。

智治が、「飲み物でも買いに行こう」と告げて、混乱する彩霧を促して部屋を出る。

一階へ下りると、澤上が乗っていた黒いセダンの後部座席に乗せられた。運転席には先ほどの巨漢が、助手席には常に智治の背後に付き従う黒服がいる。

コンソールパネルにある無線スピーカーから、『信号が途絶えました』との男の声が入ると、智治は巨漢の方へ話しかけた。

「盗聴器って、どういうことだ」

「専務が加納さんの部屋に入ってからしばらくして、無線に不可解なホワイトノイズが入ったんです」

ノイズはデジタル無線のため傍受が不可能だったものの、目の前のマンションから発信されていることは解析できた。

なので澤上に計測器を渡したところ、部屋の中から反応があったという。

――いつの間にそんなやり取りをしていたんだろう。全然、気づかなかった。

彩霧が驚くとともに感心していると、運転席にいる巨漢が智治へ、「発言してもよろしいですか」と許可をもらってから名刺を渡してきた。

警備課の主任で、名を紺藤《こんどう》というらしい。

「あの部屋に住み始めたのは、いつ頃からでしょうか」

「えっと、大学に入ったときからずっと借りているので……八年前からです」

「長いですね。盗聴器というものは、前の住人に対して仕掛けたまま回収せず、次の住人が部屋に住んでしまうというケースもあります。ですが八年となると、加納さんが狙われたと考えた方がいいでしょう」

前の住人に仕掛けた場合、盗聴器があっても盗聴の対象者がいない。だが今現在、信号の受信をする気配が確実にあった。

おそらく最近になって仕掛けられたのでしょう。そう告げる紺藤の言葉に彩霧は震え上がった。

なぜ。いったい誰がそんなことを。なんの目的で。

俯く彩霧へ紺藤が問い続ける。

「ストーカー被害を受けているとか、トラブルに巻き込まれているといったことはありませんか」

トラブルと訊かれたら真っ先に一年前のことを思い出す。しかし盗聴器と関係があるなんて、さすがに思いたくない。それにあの件は他人に話したくなかった。

彩霧が首を左右に振ると、俯き気味の顔を智治が覗き込んでくる。

「友達が部屋に来ることって、よくあるのか？」

「いえ、ほとんどありません。狭い部屋ですし……」

「じゃあここ最近、何か気になることは？　誰かにあとをつけられたとか」

「気になること……」

——ある。

数日前に抱いた奇妙な違和感を思い出した。

「……ちょっと前、帰宅すると部屋の中がなんとなくいつもと違うって気がしました。配線ケーブルとか微妙にずれてて……猫もやけに怯えていたから、おかしいなって」

「それ、いつのことだ？」

「東雲さんの家へ、二回目に招かれた日の夜です」

そのとき智治と紺藤が素早く目を合わせたのを、俯いて喋っていた彩霧は気づかなかった。

「他には？」

「郵便ポストのダイヤル錠が誰かに動かされていたけど……子供のいたずらだと思っていたから……」

そこで腕組みをした智治は、数秒ほど考えてから紺藤へ話しかけた。

「あの部屋の盗聴器をすべて撤去するとしたら、どれぐらい時間がかかる？」

それを聞いた彩霧は驚いて顔を上げ、「そんなことができるんですか」と横槍を入れてしまった。智治はもちろんと頷く。

「うちは調査会社でもあるから、その手の対処法は持っているんだ」

「盗聴器は撤去せずとも、無力化してしまえば盗聴行為を停止できます。それだと二時間ぐらいでしょうか」と、紺藤が続けて述べた。

彩霧は車のインパネ部分にある時計へ視線を向ける。今の時刻は午後十時過ぎ。すぐに取りかかったとしても終わるのは日付が変わる時刻だろう。そんな遅い時間まで他人を動かすのは忍びない。でも盗聴器がある部屋に戻るのは怖い。

どうしようと判断できずに迷っていると、紺藤が眉根を寄せて「しかしですね」と言葉を続ける。

「状況から推察すると、何者かが加納さんの部屋に侵入した可能性が高いです。犯人が合鍵を持っているわけでないなら、ピッキングをしたのでしょう。その対策を施さなければ部屋に戻るのは危険です」

「そんな……」

「住居侵入があったことを前提として部屋全体の調査をするなら、かなりの時間がかかります」

紺藤曰く、パソコンの中身をチェックすることが、もっとも手間と時間が掛かるらしい。例えばリモートパソコンツールなどのアプリケーションを仕込まれていると、外部から彩霧のパソコン内部へアクセスできる。もし機器にカメラが内蔵されていた場合には、部屋の中を自由に覗くこともできるのだ。

それを聞いた彩霧の体がびくりと揺れた。パソコンにはウェブカメラを設置してある。何者かが自分の私生活をつぶさに覗いていた可能性を知って慄然とした。ネットワークの向こう側に悪意を持った人間がいる。その者が盗み見た映像を録画していたらどうなるだろう。もしかしたら着替えている場面だって――

その可能性を考えた瞬間、いきなり吐き気に襲われて両手で口を押さえて蹲った。

「加納さん！」

智治の焦った声が背中に落ちる。他人の車へ吐くわけにはいかないと必死にむかつきを耐えていると、背中を撫でる温かな手のひらを感じた。ぬくもりと労《いたわ》りを意識すれば、少しずつ吐き気が収まってくるような気がする。

「だい、じょうぶ、です……」

「水を用意するから、待っててくれ」

智治が車から降りる際、護衛の男たちへ顎をしゃくった。紺藤と助手席の男が車外に出る。すぐに澤上が後部座席へ乗り込んできた。

「大丈夫ですか？　何か飲まれますか」

優しい声に反応して眼球だけを動かし隣を見ると、澤上の腕には水以外にもジュースなどが何本もある。「何がお好きか分からないから手あたり次第買ってきました」と彼女はにこやかな笑みを向けてくる。

彩霧は体を起こしてシートに背中を預けた。

「いただきます。すみません、後でお代は払いますから」

「いいえ、すべて東雲のお金を使ったので気にしないでください！」

……逆に気にしてしまう。でも吐き気がまだ収まっていなかったので、ありがたくミネラルウォーターをいただくことにした。車内は冷房が効いて涼しいが、乾燥している。

よく冷えた水を体が吸収すると、気分がさっぱりとした。大きく息を吐いて気持ちを静めていたら智治が戻ってきて、澤上が助手席へ移動する。

「すまん。この時間だと調査員が捕まるかどうか分からないから、部屋の調査は明日にさせて欲しい」

「えっと、お気持ちは嬉しいのですが、そこまで東雲さんに頼ることはできません」

冷静になって考えると、この問題は自分がお金を払って専門の業者に頼むべきことだ。智治はたまたま居合わせただけで関係ない。

しかし彼は首を左右に振った。

「私は加納さんの曲を歌いたいから、ボイストレーニングをして欲しい。ただ、授業料は払わない。その代わり調査にかかる費用を私が負担して相殺する。それでどうだ?」

「えっと、東雲さんにボイトレをするのは私の個人的な望みなので、それは違うような」

「でも部屋に戻るのは怖いだろ?」

「……はい」

もちろん恐怖しかない。早くなんとかしたい。もし、今でも誰かが覗いているとしたら部屋に入れない。パソコンの電源を切っても不安だ。キッチンの床で眠るべきか……その辺りにも隠しカメラとかがあったらどうしよう。

決断ができない彩霧は首を直角に曲げて俯く。すると智治が、噛んで含めるようにゆっくりと説得してきた。

「調査が終わるまで、うちにおいで。部屋は余っているし警備は厳重だ」

東雲邸へ、あの亡霊がいる屋敷へ行く。――ちょっと勘弁して欲しい。

「ありがとうございます。でも、どこか安いホテルに泊まります」

「週末の都内って、どこもホテルが空いてないことは知っているよな」

……知っています。ここ数年、外国人観光客の急増でホテル不足が深刻化し、満室状態が続くニュースは見飽きている。おまけにこの時刻だ、キャンセル待ちでも空室は見つからないだろう。

うー、と小さく唸る彩霧へ、智治がたたみかけるように言葉を重ねる。

「コンペの締め切りって金曜日だよな。時間がないならうちで作曲すればいい。パソコンなら貸してあげる」

そうなのだ、締め切りまで時間がないうえに、サビの作曲からやり直さなくてはいけない。智治が仮歌を歌えるようにレッスンもしなくては。

彼に、「明日もボイトレをしてくれるか?」と問われて、最後まで残っていた意地が砕けた。こくりと小さく頷き了承を示す。だがそこで大切なことを思い出した。

「あの! うりちゃんも連れて行っていいですか。置いていくのは心配で……」

「ああ、もちろん。連れておいで」

彩霧にとってこれが何より嬉しかった。泣きそうなほどに。

実際、少し涙ぐんでしまった。けれどやっと顔に生気が戻り、自然と笑みが浮かぶ。

「ありがとうございます……本当に……」

智治の目を見て礼を伝えれば、なぜか彼はこちらを真顔で見つめた後に顔を背けた。

彩霧へ視線を合わせないまま口を開く。

「――澤上、加納さんと一緒に荷物をまとめてくれ」

「はい」

澤上から、絶対に声を出していけませんと注意を受けて、無言のまま部屋へ戻る。

まずパソコンの電源を切った。それから貴重品と一泊分の着替え、部屋のすみにある魔《ま》除《よ》けの天然石をすべてバッグに詰める。これを置かせてもらえないと霊が近寄ってくる。

あとはキャットフードと猫用食器、専用寝床、お気に入りクッションと毛布、トイレグッズも袋へまとめる。猫の荷物の方が多いぐらいだ。

すべての準備を終えて、愛猫をソフトキャリーバッグへ入れようとした。そのとき澤上が猫の首輪を外してデスクに置く。……もしかしてこれも盗聴器なのかと尋ねたかったが、喋ってはいけないので口を閉じたまま部屋を出た。

智治の車に乗り込み東雲邸へ向かう。しばらく都内の道を走っていくと、やがて高い塀に囲まれた一軒の家の前で停車した。窓から見る夜に包まれた外壁は、以前訪れた豪邸と違うもののように見える。入り口も電動シャッターだ。あそこは巨大な門だったはず。

脳内で疑問符を浮かばせていると、塀の中はやはり東雲邸ではなかった。同じぐらい警備は厳重だけど風景が違う。

庭の一角にある巨大なガレージで車から降ろされる。デザイナーズ住宅と思われる三階建ての家が、夜の闇の中に浮かび上がっていた。

いったいここはどこなのだろう。

促されるまま、ガラスブロックで囲まれる広いアプローチを通って建物へ向かった。大きな両開きの玄関ドアを通って、これまた大きな石造りのホールに入る。天井が高いそこは、まるでホテルのロビーのようだった。

「し、東雲さん、こちらはどなたの家なんですか？」

「え？　私の家だが」

「へっ」

「あれ？　言ったよな、うちにおいでって」

……確かに言いました。東雲邸だと思い込んだのは私の早とちりです。でも、それでも何か一言、ヒントになるようなことを言って欲しかった……

智治曰く、東雲邸にも自分の部屋はあるそうだが、社長と一緒の家は気が詰まるのであまり使わないらしい。ここが本来の自分の家だという。

「そ、そうなんですか……ご家族の方にはご迷惑じゃないでしょうか……」

「それは大丈夫。ここに住んでいるのは私だけだから」

——全然大丈夫じゃありません！

このまま踵《きびす》を返したいほどだった。……けれどここ以外に行く当てなどない。

友人の家だと猫と一緒に押し掛けるのは迷うし、相手の迷惑になる。

心の中で涙を零しながら智治の後ろをついていくと、長い廊下の奥に二階へ上がる螺旋階段があった。階段部分は吹き抜けで大きな窓があり、昼間ならば日の光が差し込んでさぞかし明るいだろうと思われる。

階段を上りきるともう一つの玄関が現れた。そこで護衛の男たちは彩霧の荷物を置いて階下へ消えていく。

「護衛さんは入らないのですか？」

「ああ。一階が彼らの待機所なんだ。ここからは私のプライベートスペースだから、用事がなければ入ってこない」

そうですか、私も一階でいいですよ。と思ったものの、あの屈強なボディガードたちに囲まれるのも嫌だとすぐに思い直した。

重厚な造りの玄関扉をくぐって中に入り、そこでやっと靴を脱ぐ。

「お邪魔します……」

スリッパを履いてそろそろと智治の後をついていく。

一人暮らしの邸宅とは思えないほど広い空間だった。長方形の広大なリビングとダイニングは、彩霧の部屋が丸ごと幾つも入ってしまう面積だ。隣にはやはり広くて使いやすそうなキッチンがある。部屋の天井は高く、窓が大きいため開放感にあふれていた。

「綺麗ですね……お掃除が大変そう」

「それは専門の業者に任せてあるから」

セレブだな、と彩霧が力なく笑っていると、智治に案内されてゲストルームへ向かった。

その部屋は大きなベッドとデスク、ウォークインクローゼット、シャワー、トイレが設置されており、内側から鍵がかけられる仕様だった。

「……すごいですね」

普通の一戸建てとは全然違う造りに彩霧は啞然《あぜん》とする。住む世界が違うとは、こういうことかと初めて理解した。

「この部屋を自由に使ってくれ。猫も早く出してあげた方がいいだろ」

「あ、そうですね」

狭いキャリーバッグに押し込まれて、ご機嫌が悪くなっているかもしれない。

急いで愛猫を解放したが、猫は不機嫌というよりも、初めて訪れる場所に緊張している様子だった。彩霧から離れないで抱っこをねだってくる。

「うりちゃん、もう大丈夫だよ」

「うなぁーん」

どうも飼い主の情緒不安定が伝染しているようだった。

彩霧の胸の奥には、明日からどうなるのか予想がつかない不安が渦巻いている。そんな主《あるじ》の心を、愛猫が感じ取って共鳴しているのかもしれない。

彩霧は床に膝をつくと猫をぎゅっと抱き締めて、もふもふの美しい毛並みに顔を埋めた。

彼女の姿を上から見下ろしていた智治は、少し迷う表情を見せた後、「猫ごとこっちに来てくれ」と三階へ導いてきた。階段から最も奥にある扉を開けて彩霧を中に通す。

部屋を覗いた彼女は思わず歓声を上げた。

「うわっ、すごい！」

様々な種類のギターが数えきれないほどある。メーカーも超有名どころから、一点物を作る小さな工房の作品までいろいろだ。

「ものすごい数ですね。ギタリストって何本もギターを買うと聞きますが、実際にこんなたくさんのギターを見るのは初めてです」

なんだ、この人やっぱりギターを弾くんじゃない。どうしてエアギターなんかやっているんだろう。との疑問が湧いたものの、口には出さず部屋全体を眺める。

「あの、触っても……」

「いいよ。もちろん」

「ありがとうございます！」

ギターにマニアックな執着はないが、やはり素晴らしい楽器を見ると触れてみたくなる。猫を床に下ろし、近くにあった老舗メーカーの名品を手に取った。

軽く弦を弾くと空気を震わせるいい音が鳴る。ちゃんとチューニングがされていた。

適当にかき鳴らせば、このギターを愛用したギタリストと、そのミュージシャンの名曲が思い浮かぶ。

世界中の誰もが聴いたであろう名曲をアレンジしてオリジナルサウンドを奏でてみた。智治もたぶん知っているはずだ。予想通りイントロで反応してくれた。

「それって、映画の主題歌の――」

「そうです。ご存じでしたら歌ってください！」

「え」

「さっき教えたように、胸を反りすぎないで姿勢を正して！」

やや戸惑った表情の智治だったが、すぐに背筋を伸ばして歌い始めた。

相変わらず独特な曲の解釈が歌声とマッチして心地いい。愛する人を想う気持ちを込めたメロディが、男の甘い声と調和する。

鳥肌が立つほど心が震える旋律だった。サビのシャウトがむちゃくちゃ痺れる。己の指先に自然と熱がこもり、ギターサウンドが官能的な色を帯びる。泣けた。

ああ、やっぱりイイ声だ……。うっとりとした表情で歌声を堪能した彩霧は、余韻を残しつつ演奏を終えた。

「先ほどより上手く歌えています。こんな短時間ですごいです」

興奮で頬を染めて智治を見上げると、彼は照れたように小さく微笑んだ。

「コンペには間に合いそう？」

「そうですね、希望が湧いてきました。……そうだ、弾き語りをやってみませんか？　ギターと歌が素晴らしいのだから、きっとうまくいきます」

これほどのイケメンがギターを弾きながら美声を放てば、たとえストリートライブでもたちまちファンに囲まれるだろう。そのときの彼の歌が、自分が作曲したものならばどれほど嬉しいか。

想像に心を躍らせる彩霧だったが、智治は微笑を消して顔を伏せた。

「弾き語りは憧れたんだが……歌と演奏が同時にできない。歌えば手が止まるし、手を動かせば口が止まる」

「え」

「まあそれ以前に、ギターが下手って理由もあるんだけど」

「……もしかしてそれでエアギターを？」

智治が苦笑を浮かべて頷いた。

「だからこの部屋は私の見栄なんだ。恥ずかしいから今まで誰にも見せたことはなかった。他人を入れたのは加納さんが初めてだな」

「……いつ頃からギターを弾きたいと思われたんですか」

「留学しているとき」

大学卒業後、アメリカのビジネススクールに留学中、友人の影響で音楽に魅せられたとのこと。

ふむ、と小さく頷いた彩霧は、なんとなく彼の境遇と心理が想像できた。

社会人になってから始めたのなら、練習時間はそれほど取れなかっただろう。しかも子会社の取締役も兼ねているそうなので、かなり多忙だったはず。

たぶん、練習を重ねてもなかなか上達しなかったから意欲が削がれ、エアなギターに走りハマってしまったのではないか。

彩霧の頭の中に〝下手の横好き〟との単語が浮かんだ。

そこで周囲にあるギターをぐるりと眺める。

こんなにあるのに、どれもホコリを被っていない。彼は他人をここへ入れないと言っていたから、掃除は自分の手でやるのだろう。たとえ弾かなくても大事にされていると分かる。

それならば。

「楽器は弾いてあげた方が喜びますよ。弾き手が上手でも下手でも、置き物になっているよりはマシですから。東雲さんのような忙しい人は、マンツーマンでのレッスンじゃないと上達は望めないでしょう。少しずつでいいからもう一度弾き方を学んでいきませんか。

その――」

私と。との言葉は妙に恥ずかしくて、口の中で呟くことしかできなかった。が、智治はちゃんと聞き取ったらしく、驚いた表情を見せた後、嬉しそうに微笑んでいる。

「ボイトレ以外にも、レッスンを受けてもいいのか？」

「……宿代です」

やたらと照れくさかったため、目線を下げて言っておいた。所在なげにギターを鳴らせば、大きな手のひらが顔の前に差し出される。

「じゃあ、よろしく。ここのギターを気に入ったなら好きに使ってくれ」

「はい……、ありがとうございます」

自分よりもはるかに大きな手に己の手を差し出す。人の温もりに包まれたとき、彩霧は久しぶりに幸福を感じた。

人間は誰かに必要とされると、幸せを感じる生き物である。この小さな満足を得るのは一年ぶりだろうか。――嬉しかった。とても。

見下ろしてくる人へ、自然な笑みを浮かべて瞳を見つめ返していた。

第三章　接近

ペロペロ。ペロペロペロ。

顔中を舐められる感覚とあまりの息苦しさに、彩霧は目を覚ました。その途端「んわっ、んわーん」との甲高くて可愛らしいモーニングコールが響く。

「うりちゃん……苦しいからヤメテ……」

愛猫は毎朝、彩霧が寝ている上に乗っかって甘えながら顔を舐めてくる。しかもときどき齧ってくるのだ。

重いし苦しいし痛いし、顔中がベトベトになるから本当にやめて欲しい。

枕元に置いたスマートフォンを確認すると、時刻は午前八時過ぎ。結構ぐっすり寝ていたようだ。ゆうべは不安感からとても眠れないだろうと思っていたのに。

うぅーん。と、大きく伸びをした彩霧はシャワールームへ向かう。他人の家に泊まるのは苦手なのだが、ここはとても過ごしやすかった。

軽くメイクをして身支度を整え部屋を出ようとする。その際、猫が後をついてくるのでちょっと迷ってしまった。

「うりちゃん。しばらくの間はこの部屋にいて」

「んわあーう！」

抗議の声で鳴かれると自分は弱い。この子は飼い主の後を犬のように追う癖があるのだ。他人の家で猫を放し飼いにしていいものか迷う。

逡巡したものの、愛猫は彩霧の脚にまとわりついて離れようとしない。仕方なく連れていくことにした。智治は猫好きと言っていたが大丈夫だろうか。

ドキドキしながら広大なリビングへ顔を出すと、コーヒーのいい香りが胃袋を刺激する。キッチンへ近づくと足音を聞き取ったのか、背中を見せて立つ智治が振り向いた。

「おはよう。よく眠れたか？」

彼が身じろぎすると、濡れた髪から雫が零れた。どうやらシャワーを浴びた直後らしく、〝水も滴《したた》るいい男〟との言葉が脳裏に浮かんだ。

「はい。ぐっすりでした。ありがとうございます」

頷いた智治は彩霧の足元にいる猫に気がつき、近寄ってしゃがみ込むと毛並みを優しく撫でる。

「うりちゃん、おはよう」

「んなーう」

愛猫は飼い主から離れて家主《やぬし》に愛想を振りまいた。手のひらをぺろぺろと舐められた智治が破顔するのを見て、彩霧はおそるおそる謝罪した。

「あの、部屋から出してすみません」

「なんで？　部屋から出しては駄目なのか？」

「抜け毛で汚してしまいますし……」

「私は気にしないよ。猫ってそういうもんだろ」

なんて理解のある家主だろうか。彩霧がありがたさに感動していると彼が立ち上がった。

「それよりお腹は空いてないか？　私は空いているんだけど」

そこでハッと我に返る。

「あの、朝食というか、ここでお世話になっている間は私が食事を作りたいんですが、大丈夫でしょうか」

「別にそこまでしなくても」

「いえ、それについては少々ご相談したいことがあります。食べながらお話ししますね」

気分を入れ替えて冷蔵庫の中を眺めると、生鮮食品がほとんどなくて、冷凍食品が豊富だった。冷凍品といってもスーパーに売っているパックのような品ではなく、あまりお目にかからない上等な品々であるが。

　智治曰く、自宅の外に出ると護衛を引き連れて歩くから出かけるのも面倒で、しかし料理を一から作るほどマメではないため、こうした冷凍品を通販で購入しているそうだ。

　彩霧にとってものすごく意外な話だった。こんな大きな家に住む資産家なのに自炊をするなんて。

　ハウスキーパーを雇わないのかと尋ねてみたところ、他人を入れるのは必要最低限にしたいとの答えが返ってきた。

　——私は構わないのかな。まあ、部屋の調査が終われば出ていくけど。

　彩霧はハムの塊に冷凍のポテトサラダ、コールスロー、プレーンパンを取り出した。簡単なサンドイッチを作ってレトルトのミネストローネを添える。

　朝から他人と向き合って食事をすることに照れくささを覚えつつも、空腹だったので遠慮なくサンドイッチを齧った。具材がすごく美味しい。

　食事をしながら智治が話しかけてくる。

「それで、相談したいことって何？」

「ボイトレについてです。歌手とは体が楽器なので、生活習慣や食生活を整えることが必須だとお伝えしたかったんです」

　コンペ締め切りまで残り六日間。ハッキリ言って時間がなさすぎる。でも智治以外の仮歌歌手を探し、彼以上のパフォーマンスを期待できる人物を見つけるなど、可能性はゼロに等しい。智治を鍛える方が近道だ。

「歌手は筋肉や内臓の健康が声に影響します。ですが多忙なビジネスマンの東雲さんに、食事時間を定めるとかお酒を断つとか、生活習慣の改善は難しいでしょう」

「まあな」

「なので食生活だけでも改善する必要があります。できる範囲でいいので」

彩霧は、朝食は体を整える料理を用意するので必ず食べて欲しいと、外食の際は炭水化物を控えめにして野菜などの食物繊維を積極的に摂って欲しいと、休憩中の飲み物はミネラルウォーターが好ましいと、細かい説明をしていく。

智治は次第に目を瞬かせた。

「それは構わないけど……作曲家ってそんなことまで仮歌歌手に指導するんだ」

「アドバイスなんて滅多にしませんよ。ただ私は大学時代、声楽科を専攻していたので知識があるだけです」

「声楽科！　加納さんって音大卒なんだ。……あれ、でも音大の声楽っていったらクラシックだよな？」

「クラシックも大好きですよ。ただ私は在学中にバンド活動をしていたし、Ｊ－ＰＯＰもロックもヘヴィメタルもブルースもなんでも聴きました」

そこで一度会話を止めた彩霧は大きな息を吐き、美味しいコーヒーを飲んで心を静める。あまり自分のことを喋るのは好きではないが、智治にはどうしても理解してほしかった。歌手にとって何が大切かを。

「……声楽家を目指していたんですが、途中で声帯ポリープができて悪化したため断念しました」

声帯ポリープは歌手や声優など、声を発する仕事人にできやすい声帯の病気である。ポリープ切除後に復帰できる人も少なくないが、彩霧はもとの歌声がまったく出なくなり、バンド活動もやめざるを得なくなった。

大学も中退するべきかと悩んでいたとき、担当教授が作曲科への転科を勧めてきた。彩霧が作曲したバンドのオリジナル楽曲を聴いて、作曲家への才能を見出したのだ。

「あの頃は一生、好きな歌を歌っていけると信じて疑いませんでした。プロも夢見ていました。でも声帯の病は歌手ならば誰でも患《わずら》う可能性があるんです」

「………………」

「ただ、リスクは回避できます。正しい発声を身につけて楽器となる体を整えることが重要です。どうか体を労ることを少しでも考えてください」

真正面からじっと智治の目を射貫く。

智治は彩霧の眼差しを受け止めると、しばらくして躊躇いがちに口を開いた。

「もう、二度と歌えないのか?」

「以前と同じようには歌えませんが、少しぐらいなら大丈夫ですよ。仮歌にコーラスを入れたいと思ったとき、自分で歌ったりしますから」

「そうか……。一度、加納さんの歌を聴いてみたい――」

「絶っ対にイヤ」

話の途中できっぱり断った。しんみりとした表情の智治は驚いて目を見開いている。

「え、なんでだ!」

「大して発声練習もしてないし、今は歌うことより作曲が好きだからです」

「でも声楽家を目指していたんだろ?」

彩霧はうんざりとした表情で、智治の整った顔を面倒くさげに見やる。

「それは昔の話です。たしかに当時は本気で落ち込みましたが、今は作曲家であることを誇りに思っています。自分の曲が世に出ることがとても嬉しいんです」

そこで言葉を止めた彩霧は、一拍置いてから再び口を開く。

「音楽が好きで好きで、大好きでたまらなかったからこそ、どのような形であれこの業界で働けることが幸せなんです」

「……本当に?」

「本当です。――私の幸福を取り上げちゃ駄目ですよ」

最後は悪戯《いたずら》っぽく微笑んで言ってみる。

夢を諦める決断はなかなかつらいものがあるけれど、今の自分は本当に作曲が好きだ。街を歩いているとき、ふとした拍子に自分の曲が流れてくると泣きそうなほど嬉しい。

智治へ視線を戻せば、なんとなく自分の発言を後悔しているような顔つきの彼が情けなくて、少しだけ笑ってしまった。

「後でボイトレのスケジュールを決めましょう。もちろんギターのレッスンもつけます。ちょっと厳しいかもしれませんが、無理のない範囲でやっていきましょうね」

笑った顔のままで提案してみたら、彼はほっとした表情に変えて頷いた。その様子がやっぱり情けなくて、十歳も年上の人なのに頼りない子供のようで、クスクスと小さく声を上げ続けてしまう。

そんな彩霧を智治が不思議そうに眺めていた。

朝食を済ませて片づけをした後に、さっそく智治のボイトレを始めてみる。それからギターレッスンを提案した。

「もう切り替えていいのか？」

「初回から長時間のトレーニングは喉に負担がかかりますからね」

例のギター部屋へ二人で向かい、智治にエレクトリックギターを弾いてもらう。彼の演奏レベルがどれぐらいかを知りたかったのだ。

が、まったくの初心者であることが判明して、彩霧の顔は痙攣《けいれん》の一歩手前状態となる。

どのような練習をしていたのかを聞き取っていくと、本当に初歩の初歩でつまずいて止めていたようだ。ギター初心者が最初にぶつかる〝Fコード〟で挫折したらしい。

ここで壁にぶち当たり、せっかく始めたギターを放棄する人は多い。自分も当初、Fが鳴らなかったので気持ちは分かる。

「……分かりました、東雲さん。この際、音楽ゲームで練習してみませんか」

「ゲーム？」

「はい。ゲームといっても、エレキを弾いて遊びながら覚えていく、ギターラーニングツールのことです。私もそれで練習しました」

智治が貸してくれたノートパソコンを立ち上げ、音楽ゲームの公式サイトを見せる。エレクトリックギターを演奏してゲームを攻略する動画を見た智治が興味を示した。

「面白そうだな。コードもきちんと表示されるし。これ、加納さんも使ったんだ」

「はい。これなら一人で練習できますから、お勧めです」

するると智治が驚いたような顔つきになる。

「一人？　これって合奏《セッション》もできるって書いてあるから、一緒に演奏すればいいだろ」

「いえ、私が自宅に帰った後のことを言っているんです。引っ越しすることも考えていますが、家の中が安全ならとりあえず帰りたいですし」

するとと突然、智治が目を見開いてこちらを凝視してきた。美男子に思いっきり見つめられて、彩霧はやや仰け反ってしまう。

「……な、なんでしょう？」

ドキドキと胸が高鳴るのを取り繕いながら、男の視線を受け止める。頬が熱くなるのを気力で止《とど》めていると、かなり間を空けてから視線を逸らした智治が口を開いた。

「いや、なんでもない。……加納さんの部屋なら、今日から調査が入る。後で澤上が契約書を持ってくるはずだ」

「契約書ってなんですか？」

「部屋の調査をする際は依頼主の同意をもらうサインがいるんだ。家探《やさが》しと同じことをするからな」

家探しか。そう言われると必要なこととはいえ複雑な気分になる。それ以前にいったい誰が自分の部屋に盗聴器を取り付けたのだろう。心当たりがまったくない。

そのとき智治が手元のギターを鳴らしたので、意識を彼に戻した。

「部屋の調査だが、盗聴器はすぐに撤去できる。だがパソコンと楽器の中を調べるのに時間が掛かるんだ」

「え！」

ものすごく驚いた。自分の部屋にある楽器はエレキギターと電子ピアノだが、どうやって盗聴器を中に入れるのだろう。電鳴楽器《でんめいがっき》は物を入れるスペースなどないと思うのだが。

「さすがにうちの調査員も楽器の分解はしたことがない。専門家に任せるんだけど、絶対に信用できる人物を探すことから始めないと」

「あー……、私も楽器の分解はやったことがありません」

エレキギターは個人で分解清掃ができる楽器ではあるものの、壊してしまうことを恐れてメンテナンスはプロに頼んでいた。普段のお手入れは欠かさないのだが。

そんな彼女の頭を、苦笑を浮かべた智治が優しく撫でた。……面映ゆさを感じる彩霧がとうとう頬を染める。

「そんなわけで帰宅は少し待って欲しい。でもなるべく早く調査を終わらせる」

「はい……よろしくお願いします」

その後、昼食をとってからゲーム一式を買いに行くことになった。行き先はゲームソフト販売店ではなく、楽器店である。

日曜の午後の渋谷は、快晴であることも加わってかなりの人出になっていた。楽器店が入っているビルの近くで車から降りると、すぐさま私服姿の護衛たちに囲まれる。智治と行動を共にすると自分もついでのように護られる状況になるため、少々居心地が悪い。

そこで意外な声をかけられた。

「あ、やっぱり専務さんだ」

その声に智治と彩霧が同時に振り返る。二人分の視線の先には一人の女性が笑顔で立っていた。彼女の顔を見た彩霧は、あ、と心の中で声を上げる。

——あのときの日本人形さん。……たしか、香穂さん。

智治の車に轢かれそうになった夜に出会った着物姿の女性だった。今は洋服姿であるが、和風美人である。そしてやはり、辰彦に取り憑いている霊と本当によく似ていた。

彩霧が彼女を観察していると、智治が足早に相手へ近寄り嬉しそうな笑みを浮かべた。

「こんにちは。今日はどうされたのですか」

「知り合いに公演チケットをもらったから観にきたの」

……なんだか親しげに会話を始める二人を見ていると、もやっとする。

彩霧は、なぜか自分のそばに残っている智治の護衛へ声をかけた。

「すみません。私、先にお店へ入っていますね」

「え！」

その護衛はものすごく驚いた表情になって焦っている。ちょっと待ってくださいと引き留められたが、慌てる護衛に軽く会釈をしてビルの中へ入った。

エスカレーターで二階の楽器店へ向かいながら先ほどの光景を思い返す。

自分を自宅に招く時点で智治が独身で、あの既婚女性とは他人であると分かっていた。でも彼の方がご執心であることは、出会ったときから察している。

まさか智治ほどの男が人妻に骨抜きとは意外だ。女など選り取り見取りだろうに、脈のない恋を続けるなんて……

悶々と言葉にできない複雑な想いを胸に抱える彩霧だったが、店へ着けば気分は向上し、弾むような足取りで店内を歩き回る。自然とギターフロアで足が止まった。

智治のギター部屋にないベースギターをうっとりと眺めていたら、すかさず店員が「よかったら試し弾きをしてみませんか」と売り込んでくる。

買うつもりのない楽器は試奏《しそう》しない主義の彩霧であるが、すでに損害賠償金が振り込まれている。金銭的余裕があるため、以前から弾いてみたかった一本のベースギターを手に取った。

「めっちゃイイ音ですねぇ……」

このベースは他のメーカーとは違うパワーがあり、低音でお腹の底が痺れるようだ。

店員の青年は冷やかしではないお客だと判断したのか、セールストークに熱が入る。商品を片手に雑談が止まらなくなって、おかげで本当に買っちゃおうかなと迷ってしまった。

そのとき、いきなり背後から腕を引っ張られて悲鳴を上げそうになった。ギョッとして振り向けば息を弾ませる智治がいる。

「急に離れるんじゃない！　危ないだろう！」

え、何それ？　言われた意味を理解できない彩霧がポカンと綺麗な顔を見上げると、視線の先にいる智治は店員をギロリと睨《にら》みつけた。可哀相に、イケメンからガンを飛ばされた彼は震え上がってその場を立ち去っていく。

呆気《あっけ》にとられたまま立ちつくす彩霧へ、智治が苦い口調で説教を始めた。

「君ねぇ、狙われてるって自覚はあるのか？　私のそばを離れたら護ってくれる人間がいないんだぞ」

「えっと、こんなところに盗聴犯が現れるとは思いませんが……」

「決めつけるんじゃない。ここで何かあったら君を預かっている私が困る。おまけに慌てて探しにきたら店員と楽しそうに盛り上がってるし。何しに来たと思ってるんだ」

その言い方にはさすがにムッとした。思いっきり不機嫌さを顔に表す。

「先に離れたのは私じゃなくて東雲さんの方じゃないですか」

「はあ？　なに言ってんだ、そっちだろ」

「違います。香穂さんのもとに飛んで行ったでしょ」

その途端、智治がすごい勢いでギョッとした。しかも視線をさまよわせている。

その様子に少し溜飲が下がったものの、機嫌は直ってなかったのでさらに言葉を繋げた。

「お二人の邪魔をしては悪いと思ったから、先にお店へ入ったんです。責められる謂《いわ》れはありません」

言い捨ててベースをもとの位置に置くと、智治には構わずその場を離れた。何しに来たのかと嫌みっぽく問われたので、大人しく目当てのフロアへ向かう。

後ろを振り返らずにゲームを探していると、背後からボソボソとした口調で彼が話しかけてきた。

「香穂さんは……私の義妹《いもうと》のような人なんだ」

その言葉に驚いて振り返ると、彼は咄嗟《とっさ》に目を逸らしている。

「その、社長が私と彼女を養子にする予定なんだ。まだ正式には決まっていないけど……もしそうなったら彼女とは兄妹になる」

ふーん、養子縁組による義理の兄妹（予定）とは想像もしなかった。彩霧は無表情の顔の下で感心する。

「そうなんですか。でもまだ養子になっていないなら、香穂さんとは兄妹じゃないんですよね。好きでいてもいいんじゃないですか」

「え！」

智治がものすごく驚いているので、彩霧の方は白けた気分になってきた。

「そこまで驚かなくても。東雲さんが彼女を好きなことは見れば分かります」

「いや、その……、彼女は人妻なんだ」

「結婚指輪をはめていましたね」

「……気づいてたのか？」

「はい。でも人を好きになる気持ちは自由だと思います。ただ、不倫は問題なので、女性側がきちんと別れてからのお付き合いが好ましいですよね」

なぜか見つめてくる智治の顔色が、だんだん悪くなっているような気がする。彼は一度こちらから視線を逸らすと、舌打ちをして大股で近づいてきた。

再び彩霧の腕をつかみ、来た通路を足早に戻っていくではないか。

「え？　東雲さん？」

「……澤上が到着したらしいから、車で待っててくれ」

「でも、ゲームはいいんですかっ」

それには答えず、智治は無言のまま強引に引っ張っていく。

今まで見たことがない粗野な態度と手荒な対応に、彩霧は泡を食って何も言えず、提携駐車場で待機している黒いセダンに押し込まれた。

助手席にいる澤上も驚いた表情になっているが、すぐに笑みを浮かべて会釈をしてきた。

「昨夜はよく眠れましたか？」

「はい。ぐっすり寝てました……それより東雲さん、どうしたんでしょう……」

彩霧を車に乗せるとどこかへ消えてしまった。しかし澤上は問いを笑顔で聞き流す。

「今から加納さんのご自宅へ調査に向かう予定ですが、一緒に行かれますか？」

「はい。お願いします」

安堵の息を吐いた彩霧は頷いたが、すぐに不安そうな表情で目線を下げる。「この調査で犯人は分かるのでしょうか」と呟いたとき、澤上は運転席にいる智治の護衛と視線を合わせた後、口を開いた。

「逆探知による無線の受信者を特定する方法がありますが、今現在、加納さんの部屋の盗聴器は沈黙しています。相手が干渉してこないと電波を調べることができません。しかしアクセスがあれば必ず捕らえて警察へ引き渡します」

「……そうですか。ありがとうございます」

本当にいったい誰が犯人なのだろう。不安感から、忙しなく手を握ったりこすったりと落ち着かない。そこへ澤上がクリップボードに挟んだ調査契約書を差し出してきた。

よく読んでサインをお願いします、と言われて上から順に目を通す。貴重品類には決して手をつけないことを誓約するなど、複数の項目が書いてあった。

そのとき背後から、バンッ、と何かの蓋を閉めるような音が聞こえてかすかに車体が揺れる。どうやらトランクに荷物を入れたようだ。

首を捻って後ろを確認すると、智治が後部座席へ乗り込んできた。先ほどと同じく不機嫌そうな表情だ。しかも手ぶらである。

「あの、ゲームは買わないことにしたんですか」

「買ったよ」

「え」

智治曰く、専用ケーブルなども含めてトランクに入れてあるらしい。そういうことかと彩霧が納得して頷いたのと同時に、彼の視線が己の手元に落ちてきた。

「調査には立ち会うのか？」

「あ、はい」

「ふうん、あまりお勧めしないな。見ていて気分のいいものじゃないし、昨夜だって盗聴器のことを聞いたら吐きそうになってただろ」

「でも……」

「君の部屋まで往復するのは時間がかかる。道も混んでいるし、もう帰らないか」

そう問われて彩霧は困ってしまった。たしかに立ち会ったからといって自分には何もできないが、己の不在中に家へ他人が入るというのは不安だ。澤上らを信用しているが、気持ちの問題である。

どうしようかと迷っていると、助手席から救いの手が差し伸べられた。

「専務、加納さんは着替えを一泊分しか用意しておりません。一度部屋に戻る必要があります」

するると智治はさらに不機嫌そうな表情になり、窓枠に肘をついて頬杖をする。窓へ視線を向けたまま口だけを動かした。

「……ベースギターは、要らないのか」

ベース？　と、彩霧は目を瞬かせて彼の端整な横顔を見遣る。

「さっき店員と楽しそうに弾いていただろ。……あれ、買ったんだけど」

「え」

彩霧の脳内で智治の言葉がぐるぐると回転する。

「あのぅ、ベースを買ったって……どうして？」

そこでようやく智治が彩霧を見た。なぜだか分からないが、先ほどから機嫌が悪そうだ。

「しつこいな。買いたいから買ったんだよ。使いたくないのか、あれ」

「つ、使いたいです！　ぜひ使わせてくださいぃ！」

思わず前のめりになって両手の指を組み頼み込めば、智治は首を仰け反らせた。

「あのベースってすごくイイ音が鳴るんですよ！　細かい音作りができるから曲の土台にしたいってずっと思っていたんです！」

「……そう」

「どこにあるんですか？　あ、トランクでしたよね、早く帰りましょう！　そうだ！　ベースがあるなら、あのゲームでセッションができますよ！」

そこで引き気味だった智治が体を起こして身を乗り出した。お互いに前傾姿勢であるため異常なほど顔が近づく。絶賛興奮中の彩霧はまったく気にしていないが。

智治はにやりと口角を引き上げた。

「じゃあ、もう帰ろうか」

「帰りたいです！　あ、でも立ち会い……まあいいや！　澤上さんにお願いします！」

自分でも恥ずかしいほど現金だと思ったが、ベースギターを思いっきりかき鳴らす誘惑に勝てなかった。

智治の家は遮音性能が最高レベルで建造されているらしく、四方を庭に囲まれているので、隣家への騒音を気にせず弾くことができる。ドラムを叩いてもまったく問題にならないレベルらしい。作曲家のみならず演奏家ならば天国のような家だ。

憧れのベースギターという餌をもらった彩霧が、頬を染めてソワソワし始めた。彼女の頭を、機嫌が直ったらしい智治がポンポンと軽く叩く。それから助手席へ声をかけた。

「澤上、調査はおまえが主導しろ。帰りに彼女の服を何着か持ってこい」

「承知しました」

「え。いや、服は明日にでも自分で取りに行きますが……」

困惑の声を出す彩霧をやはり笑顔でスルーして、澤上がコンソールパネルにある無線マイクで予定の変更を伝える。車も智治の家へ方向転換した。

智治の家に戻ると、家主と彩霧、ベースなどの購入品を下ろした車は、再び塀の向こう側へと走り去っていく。

彩霧は品物の中にちゃんとベースアンプがあることに感動し、護衛が持とうとしたベースケースを強請《ねだ》って自分で運ぶ。いつもより早い歩調で二階の玄関へ向かうと、背後の智治に笑われた。

「そのベースが本当に好きなんだな」

「だってずっとベースが欲しくて、買うならこれにしようって決めていたんです」

「それなら好きなときに使えばいいさ」

これからもずっと、との最後の言葉は小声だったので、高揚して彼の前を歩く彩霧の耳には届かなかった。

彩霧は二階の玄関扉を開けてもらうと、真っ先に三階へ駆けだした。ギター部屋でベースの弦《げん》を新品と交換して調整をする。

そこへベースアンプを持った智治が入ってきた。さっそくベースとアンプを繋いでチューニングをして音をかき鳴らす。

——うあぁ、なんて素晴らしい低音！　サウンドパワーも素敵！

アンプが大口径《だいこうけい》スピーカーだから、空間を震わせる音に体までも震える。低音が心身を揺らす感覚を楽しみつつ感動していると、不意に一つのベースラインが脳裏に浮かんだ。

——あ、これイケるかも！

慌てて近くにあったノートを床に置いてコードを書き殴った。それからベースをエレキギターに持ち替えて、浮かんだフレーズを弾きながらメロディを組み合わせる。

いきなり作曲が始まってしまった。

その様子を見守っていた智治は、一本のギターを持って足音を立てないよう、そっと部屋を出ていった。

それからどのくらい経過したのか。彩霧はサビの部分を作曲し終わったところで顔を上げた。ここは窓がない部屋なので、一瞬、今の時刻を予想できずに呆けてしまう。

スマートフォンを取り出して画面を表示させると、午後五時四十八分である。

「嘘っ、ご飯の用意しなくちゃ!」

作曲に集中すると時間が過ぎるのを忘れてしまうのは悪い癖だ。智治はどうしているだろう。

転びそうになりながら二階へ下りて勢いよくリビングの扉を開けると、大音響が鼓膜を揺さぶってきた。驚いて入り口で立ち竦む。

リビングには某電気音響会社のホームシアターシステムが設置されており、百二十インチはあろうかという巨大スクリーンに、音楽ゲーム画面が表示されていた。

その前に立つ智治がギターパートを丁寧に弾いている。

曲が終わると同時に思わず拍手をした。

「すごいじゃないですか! ちゃんとFコードが弾けていますよ!」

驚いた顔で振り返る智治が、はにかんだ表情になった。

イケメンが照れると破壊力あるな、と彩霧はドキドキしながら彼へ近づく。

「夢中で遊んでたら知らない間に手が動いていたよ。上手く作ってあるゲームだな」

「そうですね。こんな短期間で上達できるなら、すぐにゲームをやらなくても普通に弾けるでしょう」

「そう？」

「もちろんです！　やっぱりギターを弾ける男の人ってカッコイイですね！　素敵です！」

これでエアギターライブに行かなくて済むかな！　と、下心を交えて露骨におだてておく。すると智治が真顔になって見つめてくるではないか。

どうかしたのかと胸の内で首を捻るものの、それよりも気になって仕方がないことがあったので遠慮がちに申し出てみた。

「あのぅ、私もゲームをやっていいですか……？」

大画面かつ高音質サラウンドでの音ゲープレイは、迫力があって非常に楽しそうに見える。両手を組み合わせて上目遣いでお願いしてみた。

彩霧のおねだりを聞いた智治は、すぐさま我に返ると急いでギターストラップを外した。

二人は身長差が大きいため、彩霧は自分の体に見合う長さにストラップを調節し、うきうきと斜め掛けにする。

コントローラーを操作して、ソフトウェアに含まれている楽曲の中から邦楽をチョイスした。

イントロからギターソロが疾走する有名曲だ。これを弾くのは何年ぶりだろう。

だがしかし、ブランクがあるため指が思うように動かなかった。ワールドランキングは四十八位。――全然駄目じゃん！

「ぐ～や～じ～いぃ～！」

あまりの悔しさに、ギュイイイイン！　とエレキをかき鳴らしておいた。

彩霧の悶える様とは別に智治は興奮している。

「なに言ってんだ五十位以内に入ってるぞ！」

「ひと桁じゃなきゃイヤ！」

その場で地団太《じだんだ》を踏む彼女を見た智治は、「ぶははははは！」と大声で笑い出した。今までのようなすました感じではなく、素を表すかのような態度に彩霧の癇癪《かんしゃく》も徐々に治まっていく。

「これから何度でもやればいいだろ。――ところで作曲はうまくいったのか？」

「そうだ！　サビが完成したんです、聴いてください！」

今度こそ合格して欲しい。やや緊張しながらメロディを奏でてみる。

智治は納得した顔つきで頷いた。

「悪くないな。前よりずっといい」

「やったぁ！　ありがとうございます！」

嬉しい。サビさえ決定すればAメロとBメロも作りやすいので、締め切りに間に合いそうだ。

第一の山場を越えた彩霧はエレキギターを、ギュオオオゥン！　とかき鳴らした。

音で君の感情が分かる、と智治にやたらとウケていた。

第四章　情交

木曜の午後十一時五十二分。あと数分で日付けが変わろうとする深夜、彩霧は居候をしている智治の家で彼の帰りを待っていた。二階にある広い玄関ホールの床にぺったりと腰を下ろして、智治のアコースティックギターを爪弾きながら。

それというのもコンペ締め切りが明日だというのに、仮歌歌手である智治が帰ってこられず、レコーディングができない状況なのだ。

彼は昨日から東北地方へ出張しており、今日は最終の新幹線で帰京後、残業となっている。

智治も彩霧のことを気にしているらしく、何回もスマートフォンへメッセージが届く。ほんの数分前にも「もうちょっとかかる」とか、「すまない」との連絡が来た。

コンペ用の仮歌はほぼ完成しており、智治の歌唱力も格段に上達している。

自宅にある機材もすでに届けられていた。盗聴器は仕込まれてなかったそうだ。良かった。

つまりあとは歌だけなのだ。録音後は全体の編曲調整《アレンジ》が必要となるが、ここは明日の金曜日中にやればなんとか間に合う。

「……んなぁーん」

玄関で座り込む彩霧のもとへ、愛猫がしっぽを揺らしながらやって来た。

「あれ、うりちゃん。今までどこにいたの？」

彩霧が帰宅後に餌を与えて以降、ずっと姿が見えなかった。いつも自分の後をついてくる甘えん坊だった癖に、自由に歩ける広い家を気に入ったのか、思いもかけないところでお腹を見せてバンザイの姿勢で寝ていたりする。

一度、智治がその姿を見て微妙な顔をしていた。猫ってこんな寝方をするのかと、不思議そうに呟いたものだ。――私も初めて見ましたよ。

その愛猫は、飼い主の足裏へ体の一部をくっつけて丸くなる。どうやら今夜の寝場所は玄関と決めたようだ。お気に入りの寝床はどうしたと問いたい。

――でも私だって眠い……東雲さん、まだかなぁ……出張先ではなんかのパーティーに出席するって言ってたけど、やっぱりお酒を呑んでいるよね……喉が渇く作用があるからやめて欲しいけどお仕事だから言えないし……声は大丈夫かな……

べそべそと情けない表情でアコギをかき鳴らすしか、今の自分にはすることがない。

……だがしかし、家主の帰りを玄関前で待ち続けているうちに、気がついたときは本人に揺り起こされていた。

「──加納さん、起きて。こんなところで寝ていたら風邪をひく」

深みのある低い声に、眠りの淵から転落しかけている彩霧の意識が這い上がる。

「専務、私が部屋まで運びましょうか」

──東雲さんと……この声は武林《たけばやし》さんだ。東雲さんの護衛チームのリーダーだと紹介された。いつも彼の背後に控えている大柄な男の人。

「いや、私が運ぶ。でもなぁ」

「なんでこの猫、人間の上で寝ているんでしょうか……」

──うう、息苦しいのはうりちゃんが乗っかっているのね……相変わらず重い……

そのとき起こされた猫が目を開けて、迷惑そうに大きな欠伸をした。のっそりと体を起こすと彩霧の上で思いっきり伸びをする。お尻を高く掲げて体を伸ばすから、前脚に隠された鋭い爪がシャキーンと現れ、下敷きにしている飼い主の体に突き刺さった。

「いたたたたたっ！」

強制的に眠りの世界から引きずり出される。パチッと目を開いた途端、至近距離にある整いすぎた美貌を認めた。

直後、勢いよく上半身を起こして智治の首に抱きついてしまった。

「うわあああん！　もう間に合わないかと思ってましたぁ！」

智治はしがみついてくる彩霧に驚いた様子だったが、すぐにクスリと微笑み、細い肢体をやんわりと抱き締めて背中を優しく撫でる。

「すまん、遅くなって」

「本当ですよぉ！　ううー……」

彩霧を軽々と抱き上げた智治は背後にいる武林へ目配せをする。退出しろとの主の意思をくみ取った護衛は、静かに玄関を出て音を立てずに扉を閉めた。

彩霧はリビングへ運ばれているうちに、すぐそばにある顔から酒精の香りをまったく感じないことに気がついた。

「東雲さん、お酒って呑んでないんですか？」

「ああ。喉に悪いんだろ」

「でも今日はお酒を呑む会合だって……」

「肝臓の調子が悪いって言っておいた。これでしばらくは呑まなくて済む」

お互いの吐息が皮膚で感じ取れる距離で視線が合う。悪戯っぽく微笑む智治へ、彩霧は心から嬉しそうな笑顔を見せた。

「……なんかすみません。でもありがとうございます、嬉しいです」

「初めてのレコーディングだからな。実は気合が入っているんだ」

「はい、いい作品を作りましょうね、二人で」

ああ、と頷いた智治はリビングのソファに彩霧を下ろすと、「お茶を上へ持ってきて。着替えてくる」と言い置いて三階へ向かった。

彩霧は足取りも軽くキッチンへ向かうと、タンポポコーヒーを淹れる準備をする。自分が声楽を学んでいた頃もこれを常飲していた。

ふとそのとき〝声楽〟との単語から、この飲み物を勧めてくれた人を思い出した。

『いい作品を作ろうね、私たち二人で』

――また、同じ馬鹿をくり返そうとしているんだろうか。私は……

それを思うだけでキッチンに立ちつくして動くことができない。しかしすぐに電気ケトルが鳴り、彩霧の意識を現実に戻した。

いけない、東雲さんが待っている。急いでタンポポコーヒーを淹れて三階のギター部屋へ向かう。

今はとにかくレコーディングを成功させるのが先だ。たぶん智治は表に出さずとも緊張するだろう。普段通りの声が出せるように自分がしっかりしなくては。

そう己に言い聞かせ、雑念を追い払うかのように頭を強く振る。

集中した甲斐があったのか、仮歌は「これはイケるんじゃないか」と自信が持てる出来になった。

翌日には編曲を済ませ、智治と二人で作り上げた初めての楽曲を無事に送信できた。

それから一週間後の金曜日、午後六時過ぎ。今日は自宅に立ち寄る予定になっていた。ずっと帰っていないので溜まった郵便物を回収したいし、いいかげん冷蔵庫の中身も処分したい。

明日からお盆休みになるので連休中に戻ってもいいのだが、まとまった休みが取れた智治から、「ギターレッスンを集中してやりたい」と言われたため、自分の用事は早めに片付けることにした。

事務所を出る直前に澤上へ連絡を入れると、玄関ホールで彼女が待機していた。彩霧を認めた彼女はニコリと微笑む。

なぜか智治は、彩霧の出退勤時に護衛をつけていた。あんなゴツイ黒服の男たちに護られながら送迎されるのは嫌だと訴えたが、それならばと澤上一人が私服で警護を担当することになった。……そういう意味じゃないんだけどなぁ。

澤上と共にビルの裏手にある駐車場へ向かい、警護車両の後部座席へ乗り込む。久しぶりの自宅マンション前で車を降りると、当然のように澤上がついてきた。

「あの、待たせちゃうと思うので車にいた方がよろしいのでは……」

絶対に聞き入れてくれないだろうなー、と思いながら言ってみると、案の定「部屋の外におりますので、私のことはお忘れください」と笑顔で却下された。

護衛とは大変な仕事だと思うが、少々鬱陶《うっとう》しいものがある。智治のように社会的な地位と財産があって、拉致の危険性がある人ならば必要性も理解できるのだけど。

仕方なく澤上と共にマンションへ入り、ポストの中に溜まっている郵便物をすべて紙袋へ入れる。鍵に異常はない。

彼女を待たせて部屋の中に入ると、なんとなく今までより広く感じた。オーディオ機器がすべて持ち出されているせいだろう。おまけにパソコンはもう返ってこない。

ハードディスクから新種のウイルスを検知したことにより、その解析と対策のために調査側がパソコンを買い取ったのだ。

おまけに部屋へ設置されていた盗聴器の数は十五個にものぼった。コンセントの中や天井裏、床下、収納棚の裏側などに隠されていたらしく、こういったプロの犯行だという。

撤去された実物の山を見た彩霧は短い悲鳴を上げてしまった。

本当に自分は狙われているのだと、ようやく実感した。だからこそ澤上の警護を受け入れたのだ。

そしてこの部屋は引き払うことにした。たとえ盗聴器がなくなって玄関の鍵を付け替えたとしても、住所を知られている以上は不安が付きまとう。

智治へは、引っ越し先が見つかるまで、宿代を払うから居候をさせて欲しいと申し出ている。彼はボイストレーニングとギターレッスンをしてもらっているので、宿代はいらないからずっとここで暮らせばいいと言ってくれる。

……ずっと、なんて言われたときは顔どころか全身が熱くなって即答できなかった。正直なところ、嬉しくて。

彼の家ならば物理的にも精神的にも護られる。甘えすぎてはいけないと分かっているけれど……

そのとき部屋のチャイムが鳴り響き、彩霧は目を瞬いて玄関扉へ視線を向ける。

澤上なら用事があればチャイムを鳴らさずに入ってくるだろう。誰か来たのだろうか。

首を捻りながらテレビドアホンのモニターをつけると、厳しい表情を浮かべた澤上と、同じように険しい顔つきで彼女を睨む一人の中年女性が映っていた。

「え……」

その女性の顔を認めて、彩霧は呟く。もう二度と会うことがないと思っていた、懐かしくも苦しい感情を生み出す人がそこにいるではないか。

一年ぶりに見る彼女はかなりやつれていた。きっちりとまとめた髪には艶がない。以前は真っ黒だった髪に白いものがたくさん混じっている。彼女の心労が感じられた。

でもなぜ、今ごろになってあなたがここに。

彩霧はモニターに映るその人を茫然と見つめて動けなかったが、その女性が苛立たしげに再びチャイムを押したので我に返った。

そっと扉を細く開けると、声をかける前に澤上から厳しい口調で窘《たしな》められる。

「加納さん、扉を開けないでください」

さっさと閉めろ、との強烈なオーラが澤上から放たれている。彩霧は反射的に、すみません、と呟いて扉を閉めようとした。

すると中年女性――原田《はらだ》が甲高い声で吠える。

「閉めるんじゃない！　なんなのよ、この小娘は！　用件はなんだとか名前を名乗れとか生意気な！　付き合う友達ぐらい選びなさい！」

慌てて扉を大きく開けると、澤上がむちゃくちゃ低いドスがきいた声を発した。

「私の立場としてはこの方を部屋に招くことはお勧めしません。お話があるのでしたら、すぐ近くにファミレスがありますので移動しましょう」

「黙りなさい小娘！　私はこの子に用があって来たのよ！」

澤上の好戦的なオーラを意に介さず、原田は彩霧を押しのけて勝手に部屋へ入ると素早く扉を閉めて鍵をかけてしまった。

――えぇぇぇぇ！

外側から扉を叩くものすごい音が聞こえる。防音扉であるがかなり力を入れて叩いていているようで、とてもよく響いた。しかもチャイムまで鳴りだす。連打されるチャイム音から澤上の怒りが感じ取れて怖い。

鍵を開けるべきかと彩霧がオロオロしていたら、原田が「さっさと来なさい」と、どちらが家主か分からない発言をして勝手に奥へ入ってしまう。

彩霧は澤上のことが気になったものの、原田に逆らう勇気が持てなかったので怯えながら従った。中央で腕組みをして見回している原田へ、座布団代わりのクッションを勧める。

「あの、お茶を淹れますからお待ちください」

「結構よ。——あんた、作曲は辞めたの？」

唐突な問い掛けに、彩霧はすぐさま反応できなかった。数秒ほど間を空けてから答える。

「いえ、まだ、やっています……」

「その割には楽器がないわね。——どうせ男のもとにあるんでしょうけど」

男のもとにある、との台詞で智治を思い浮かべた。同時に、なぜ知っているのかと首を傾げる。

彩霧の困惑の表情に、原田は嫌な笑みを浮かべた。

「最近はずっとここに帰って来ないし……恋人が死んでまだ一年なのに、もう次の男を咥《くわ》え込むとは大した切り替えようだわ。そうやってうちの巽《たつみ》もあんたに利用されたんでしょうね。……可哀相に」

最後の言葉だけは、嘘偽りない悲しみが混じっていた。しかしすぐに怒りの表情に変えて彩霧を睨みつける。

「新しい男、大企業の跡取りですってね。すごいわぁ、お金持ちじゃない」

彩霧は原田の動く口を見つめながら茫然としてしまう。

先ほどの台詞と合わせて、彼女が智治のことを言っていると、さすがに理解できる。彼は自分の男じゃないと否定したいが、問題はそこではない。

「外にいる生意気な小娘も、その男の使用人なんでしょ？　すごいわねぇ」

使用人じゃなくって護衛ですと反論したかったが、それよりも心臓がバクバクと激しい鼓動を刻んで呼吸が荒くなり、声を出すことができない。

「セレブの生活ってどういう感じなの？　私にも教えてちょうだい」

彩霧への憎しみを瞳に浮かべて、原田がゆっくり近づいてくる。それに合わせて彩霧も下がるが、狭い部屋なのですぐ壁に追い詰められた。

原田とはもう一年以上も会っていなかった。巽——元恋人の一周忌の法要の際は招かれなかったので、御供物料《おくもつりよう》だけでも渡したいとお寺を訪れたが、彼の親族に門前払いされた。そのため原田とは顔を合わせていない。

それなのになぜ智治のことを知っているのか。

彼と知り合った経緯や、自宅に居候をしていることは誰にも喋っていない。

出会うきっかけを話せば交通事故について説明しなくてはいけないので、それだと損害賠償金に含まれる守秘義務に背いてしまう。居候はいずれ解消する。

だから智治とのことは、彼の関係者以外は誰も知らないはずなのだ。

それなのに無関係の原田が知っていた。

……一つの仮説が脳裏に浮かぶ。なぜいきなり原田が現れたのかと疑問だったが、彼女にとっては〝いきなり〟ではないのだと、般若《はんにゃ》のごとき表情で嫌でも察した。

原田の中では時が止まっているのだ。一人息子を亡くし、一人ぼっちになり、どうしてこうなってしまったのかを考え、毎日ずっと悲しみ、一年以上たっても立ち直ることができないでいる。

憎しみに囚われた方が楽だと気がついたのではないか。彩霧を恨むことだけを心の支えにしていたのでは。

考えがそこへ及べば、ポストや部屋の異変を感じたのは、智治と出会った後だったと思い出した。彼とは恋人でも友人でもないが、一緒にライブへ出かけ、なにより彼の家で暮らせば彼氏だと思われてもおかしくない。

それに彼女の息子である元恋人へは、この部屋の合鍵を渡したままだった。返してもらった記憶はないので、原田が持っていてもおかしくはない――

いつの間にか近づいた原田の腕が振り上げられ、気づいたときには硬い床に倒れていた。

左頰が火傷をしたかのように熱い。目の前に火花が散る。

馬乗りになった彼女の手が首を絞めてきた。上から大粒の涙がいくつも降ってくる。

生命の危機を感じる場面だが、どうしてか彩霧の心には恐怖心が生じなかった。

こんなことをしても息子は返ってこないのに、引くことができない母親の慟哭《どうこく》を目の当たりにして抵抗ができない。

それに喉を絞める力はそんなに強くない。原田に躊躇いが残っている証拠だ。

「これ、で……、わたしを、ゆる、して、くれ、ます、か……」

切れ切れとした言葉を原田が理解したのか、首に加えられる力が消えた。同時に扉がものすごい勢いで開けられ、間髪を容れずに原田の体が取り押さえられた。

「加納さん！　大丈夫ですか！」

どうやって鍵を開けたのかと不思議に思うだけの余裕が彩霧にあった。それはすなわち、原田は本気で自分を殺すつもりではなかったのだろう。

大きく深呼吸をした彩霧は体を起こすと原田を見やる。もしかしたら義母として慕う未来があったかもしれない人を。

そう考えた途端、もう二度と使うことがないと思っていた呼び名が口から漏れた。

「お義母《かあ》さん……」

捕らえられて床に突っ伏し脱力していた原田が、驚いた表情で彩霧を見つめた。彼女を取り押さえている澤上も、「ええ！」と素《す》っ頓狂《とんきょう》な声を上げて驚いている。

原田は彩霧の顔を凝視した後、ボロボロと泣き出した。

彩霧と原田の顔を唖然として交互に見ていた澤上だったが、すぐにハッとした表情で襟元のマイクへ告げる。

「確保しました。警護対象者が負傷。レベルE。応援をお願いします」

……それ以降は記憶が途切れ途切れになって、あまり覚えていない。

原田が警察官へ引き渡され、彩霧は一旦、近くの救急外来で殴られた頬と絞め跡が残る首を診てもらうことになった。手当てと検査を受けた後、警察署で事情聴取を受ける。

このとき東雲邸で会った弁護士が同席してくれた。

彼――広松《ひろまつ》弁護士は、「東雲智治さんから依頼を受けました」とにこやかに告げて頭を下げる。

「東雲さんはかなり心配しておりまして、加納さんが少しでも早く帰宅できることを望んでいます。この件はすべて私にお任せください」

自信ありげに言い切る姿から、刑事事件に慣れている様子だった。彼の宣言通り、彩霧は二時間ほどで警察から解放されて智治の家へ帰ることができた。

その時点で時刻は午前零時近くである。護衛に囲まれて二階の玄関扉を開けると、すでに帰宅していた智治がすっ飛んできた。

んでくる。

「無事で良かった……」

本心からそう思っていると分かる表情で迎えられると、ようやく安心できて眦《まなじり》に涙が滲
智治は涙ぐむ彩霧の両手を強く握り締めた。

「疲れただろう、もう休むか？　それとも腹が減ってる？」

彩霧は首を左右に振って、リビングにいたいと告げる。神経が昂《たかぶ》っているせいか、眠気
も空腹も感じない。できれば落ち着くまで智治と猫のそばにいたい。

彼は頷くと彩霧の背後へ視線を向けた。

「澤上、お茶でも淹れてくれないか」

「承知しました。――加納さん、参りましょう」

いつもと同じ雰囲気に戻った澤上が、優しく彩霧の手を取って微笑む。ささくれ立って
いた心が鎮まるようで、ふらふらと導かれるままにリビングへ向かった。

リビングと玄関ホールを遮るドアが閉められる直前、智治と護衛たちが小声で話し始め
た。

「――犯人、別件だったって？」

「はい。一般人の女性でした」

「本当かよ。背後関係は？」

「現在調査中です」

バタン。扉が閉められて彩霧はソファに倒れるようにして座り込む。すると愛猫がのっそのっそと近づいて、身軽にジャンプすると飼い主の膝の上でゴローンと横になった。無防備な寝方に彩霧は微笑む。

やっと帰ってこられたとの実感が湧き、心が少しずつ落ち着くようだった。

澤上が淹れてくれたオレンジピールのハーブティーを、猫に零さないようゆっくり味わう。少しして智治がリビングに戻ってくると、入れ違いに澤上が退出した。

彼は彩霧の隣に腰を下ろして瞳を見つめてくる。

「今日のこと、少し話せるか？　逆恨みで襲われたとしか聞いていないんだ。でもつらかったら明日にしてもいい」

「……いえ、一人になるのが怖いので、話をしている方が楽です」

ハーブティーを飲み干すと、智治がカップを受け取ってテーブルのソーサーに戻す。かちん。陶器が触れ合う硬い音が、猫の息遣いしか聞こえない静かな空間によく響く。

彩霧は愛猫の毛並みを撫でながら口を開いた。

「あの原田さんという方は、私が以前、お付き合いをしていた男性のお母様なんです。彼は……一年と少し前に亡くなりましたが」

元恋人——原田巽と出会ったのは、大学に入ったばかりの頃に行った合コンだった。彼は彩霧とは違う大学で器楽を専攻している学生で、自分のバンドライブを見に来ないかと誘ってきた。

その後、バンドのボーカルに乞《こ》われて正式なメンバーとして活動をしているうちに、交際が始まった。

大学卒業後も順調にお付き合いを続け、やがて親に紹介したいからと自宅へ招かれた。

「――顔合わせみたいなものだと意識して、服装もきちんとしたものを着て、手土産も持って彼の家へ向かいました。……私は内心ですごく緊張していて……彼の家の前に立ったとき、いつもなら悟るはずの嫌悪感をまったく感じ取れなかったんです」

あのときの自分は本当に緊張していた。

当時の原田は彩霧に対しても優しく、玄関まで迎えに来て笑顔で中へ通してくれた。

案内されて居間に入ると隣は仏間で、原田の亡くなった夫――巽の父親の仏壇があった。

その二部屋はかなり昔に改築しており、以前は仏間の真ん中あたりに梁《はり》があった。すでに存在しないはずの梁が、このときの彩霧にははっきりと視えた。

……視えてしまったのだ。その梁から首を吊って死んでいる父親の姿が。

「自殺だったそうです。後から聞いた話では、巽君がまだ一歳ぐらいのときに亡くなったと。だから彼は自分の父親のことを何も知らないと言っていました。でも自殺であることは伏せられて、仕事中の事故で亡くなったと聞かされていたそうです。なのに私が、本当のことを暴いてしまった……」

あのとき、梁からぶら下がる父親の姿を視て彩霧は絶叫してしまった。

彼女の取り乱した様子を見た巽は、すぐに霊を視たのだと気がついたが、彼女の霊感を知らされていなかった母親の方はパニックに陥ってしまう。

なぜなら父親が首を吊って自殺をしたことは、息子には秘密にしていたのだから。

「……原田さんは本当は、あの家を売り払って新しい土地に移りたかったようです。でも旦那様が遺してくれた家と土地を去ることがどうしてもできなくて、経済的な問題や仕事の都合もあって、家を改築して梁を消し、間取りを変えることで忘れようと努力したそうです」

なのに赤の他人が秘密を暴き、しかも夫が成仏せずにこの世に留まり続けていると知り、おまけに息子からも『親父はどうして自殺したんだ』と問われ……原田はしばらくの間、寝込んでしまうほどのショックを受けた。

そして彩霧を化け物だと罵り、息子との交際を猛反対し始めた。

そのことを巽はずっと悩み続けるが、先に心が折れたのは彩霧の方だった。

巽からは遠回しに、結婚したら母親と同居して欲しいと言われていた。母子家庭で持ち家があり、彩霧の方は両親が健在で弟との二人姉弟。同居は消極的賛成といった感じで覚悟は決めていた。

「……でも、あの家に住むことは私にとって恐怖です。だから結婚するなら、彼の家の近くにあるアパートを借りたいと告げたんです」

しかし巽は、母親のために彩霧が自宅に住むことを切望していた。でも彼女はそれを拒絶し続け、原田はますます彩霧を毛嫌いしていく――

巽との話し合いは平行線になり、その状態は半年以上も続いた。もう彩霧は疲れ果てて、別れを告げるしか選択肢は残されていなかった。

「――あなたを好きな気持ちは変わらないし、今でも愛しているけど、将来を共にすることはできないって、はっきり別れを告げたんです……」

そのときの話し合いが、彼を見た最後の日になった。

数日後、奥多摩《おくたま》にある山の中で、巽は急カーブを曲がり切れず車ごと谷底へ落ちた。交通事故だが警察はブレーキ痕《こん》が一切ないのはおかしいと、自殺も視野に入れて捜査をしていた。

結局は事故と断定されたが、原田はずっと自殺だと主張し続けた。

なぜなら巽はペーパードライバーのため、たまに運転をするときはものすごく慎重で、スピードなんて滅多に出さなかった。

それに当時の彼は精神的に追い詰められていた。ゆえに原田は死因を疑い、その原因を作った彩霧を今でも許さない……

「――あまりにもくだらん理由だな」

突然、智治が吐き捨てるような冷淡な声を出すから、彩霧の体がびくりと震えた。振動で彼女の膝にいる猫が瞼を開き、迷惑そうな視線で人間たちを一瞥《いちべつ》した後、どこかへ歩いて行ってしまう。

彩霧は、なぜだか静かに怒る様子の智治へ顔を向けた。

彼はいつもより低い声で、苛立たしげに口を開く。

「マザコン男が結婚できなくなって自殺し、その母親が息子の復讐で人を殺そうだなんて、頭がイカれてる親子だ」

初めて聞く智治の粗野な口調に驚きながらも、本気で原田親子を見下す言い方でバッサリと否定するので、彩霧の表情がくしゃりと歪んだ。

「……その言い方はないんじゃないですか。私たちは長い間、真剣に話し合って悩んできたんです。それに巽君は……その、母親想いでしたがマザコンってほどじゃないし……」

「嫁より母親を優先するなら立派なマザコンだ。そんなに親と同居したけりゃ、家をそのままにして三人でマンションでも借りて暮らせば良かったんだよ」

彩霧の唇がポカンと半開きになって呆けたツラになる。だがすぐに首を振って反論した。

「それはもったいないです。持ち家があるのに誰も住まないなんて……」

「だろうな。そうやって誰も妥協しなかったから、誰もが泣く破目になったんだ」

言い返せない彩霧が俯いて黙り込んでしまうと、智治は腕組みをして大きな息を吐いた。

「けど私がもっとも腹が立つのはそこじゃない。男が死んだことだ……長く付き合っていたなら君の性格は熟知していたはず。別れを告げられた直後に死ねば、君がずっと男のことを引きずると分かっていただろう」

「……でも、あれは事故と認められたはずです」

「事故かもしれないけど、状況的に限りなく自殺に近い。だからこそ母親も君を逆恨みして今回の事件を起こしたんだろ」

「…………」

「でも本人は最期まで迷っていたと思う。ペーパードライバーが奥多摩まで行ったなんて、ずっと迷って帰りたい気持ちと戦っていたんじゃないのか。君のもとに帰りたいって」

――私のもとに。

ゆっくりと顔を上げた彩霧が智治を見る。深い色合いの瞳にはごまかしや慰めなど浮かんでおらず、真実に近い推測を述べていると思わせる力があった。

彩霧の目から涙がボロボロと溢れてくる。

智治は指先で雫をぬぐい取ると、やはり真剣な表情で彼女を見つめた。

「君は泣くべきじゃない。怒るべきなんだ」

「怒る……?」

「そう。君の恋人は分かっていたはずだ。最悪のタイミングで死ねば、君の心を永遠に縛れることを。でもそれは相手の心を殺す最低最悪の手段だ。そんなことをされたら、君は永遠に罪悪感を手放すことができない。……男の究極のエゴだ」

智治は憎しみさえ感じさせる声音で、淡々と言葉を吐き出した。そして彩霧を睨むかのように強く見つめる。

「もし今ここで、私が死を望んだらどうする」

「え……?」

「仕事で疲れて生きることがつらくて、これからの希望が見いだせない。だから――」

「馬鹿なこと言わないでっ！　そんなことで人の命が消えていいはずがない！　残された者がどれほど悲しむか――」

そこではたと口を閉ざした。智治に誘導された答えではあるが、彼の言いたいことが理解できて悄然《しょうぜん》と視線を落とす。

「そう、人の命は簡単に消えていいものじゃない。君は今みたいに怒るべきなんだ」

なぜ死んでしまったのかと悩み悲しむのではなく、簡単に命を捨てるなと憤《いきどお》らないといけない。でなければ遺された者は延々と苦しみ続けることになる。

顔を伏せた彩霧から再び涙が零れた。智治は彼女の頭部を優しく撫でながら口を開く。

「私は自ら命を絶つ行為が大嫌いだ。自殺をすると最低でも五人は身近な人の心を傷つけるという。家族だけではなく、その人を大切に思っているすべての人を傷つける」

苦みを帯びる口調から、彼もまた大切な人を亡くしたのかと彩霧は思った。涙を頬に貼り付けたまま顔を上げると、珍しく忌々しそうに舌打ちをした智治は大きく息を吐いて話を変えた。

「……今回の事件だけど、君は犯人を助けたいのか」

「はい……」

「分かった。示談になるよう、私から広松弁護士に伝えておく」

そこで立ち上がった智治は背を向けてドアへ向かう。いきなり話が終わってしまったため、彩霧は慌てて声をかけた。

「あっ、ありがとうございます！」

首だけ振り返って彼女を見た智治は、「早く休んだ方がいい」と告げてすぐに扉の向こう側へ消えてしまった。一人残された彩霧はしばらく立ちつくしていたが、やがて自分の部屋へトボトボと向かう。

よく分からないが、智治の機嫌を損ねてしまったようだ。どうも彼にとって自殺という単語はタブーらしい。過去に何かあったのだろうか。……気になるけど訊ける雰囲気ではなかった。

溜め息を零しながら部屋でシャワーを浴びてパジャマに着替える。今夜は愛猫が部屋に来ないので一人寝が身に染みるようだった。

電気を消してベッドで目を閉じても、まだ気持ちが落ち着いていないのか、もうすぐ午前一時になろうとするのに眠たいと思わない。

そして暗闇にいると、今日あった怒濤《どとう》の出来事を嫌でも思い出す。原田とのことや、智治に話した己の過去を。……失った人のことを。

彼の死を知ってからずっと、なぜ彼を止められなかったのかと己を責めていた。

でも智治は怒るべきだと教えてくれた。

「馬鹿……巽の大馬鹿……」

けれど呟いた言葉に怒りはこもっていなかった。怒るという感情にはある程度のパワーが必要となる。精神的に消耗している今の自分にはそれだけの力が湧いてこない。

それでも口先だけでも罵りたいと、何度も非難の言葉を呟く。

「巽の馬鹿……なんで死んじゃったのよ……なんで……」

「〝なんで私を道連れにしてくれなかったの？〟」

耳のすぐそばで囁《ささや》く女の声に、悲鳴を上げながら飛び起きた。急いで電気を点けて部屋のすみに置いた魔除けの天然石を確認すると、真っ二つに割れている。——まずい、悪霊が忍び込んだ。

慌てて部屋から逃げ出しリビングへ向かう。壁際に置かせてもらっている石を確認すると、幸いなことに変化はなかった。そういえばこの石は買ったばかりでとても元気だが、部屋に置いた石は長い間、浄化をしていない。

心が弱まると霊魂を引き寄せやすくなる。それは恋人の死の際に学んでいたのに、すっかり忘れていた。まさかこのタイミングで来るとは。もう踏んだり蹴ったりである。

床にしゃがみこんだ彩霧はボロボロと涙を零した。

なんで自分は霊感が強いのだろう。こんなもの望んでいないのに。この能力《ちから》のせいであの人は死んだようなものなのに……

壁に向かって座り込みメソメソと泣き続けていたら、ふわりと上着がかけられた。まだ人の温もりが残る薄手のカーディガン。

泣き顔を上へ向けると、智治と目が合った。

「泣いてばかりだな、君は」

先ほどよりは平常に戻ったらしい彼の様子に、彩霧は安堵しながら首を左右に振った。

「これは、部屋に、霊が来たから……」

「魔除けが効かなかったのか」

跪いた智治は、床に置いてある天然石へ視線を向ける。彼には居候をする際、石の作用について説明してあった。

「部屋にある石はちょっと弱っていたんです。この子は大丈夫。明日、新しいものを買いに行きます」

「今夜はどうするんだ」

智治の両手が彩霧の頬を包み、親指で目元をぬぐってくれる。お互いの距離がやけに近くてその仕草が照れくさくて、彩霧は視線を横にずらした。

「ここで寝ます。ソファがあるし……」

「それなら、私の部屋においで」

彩霧の心臓が、ドクリと大きく揺らいだ。

……ゆっくりとかすかに震える眼差しを智治に戻す。彼の瞳は、ただ同情だけを表しているように見えた。

慰め、との言葉が彩霧の脳裏に浮かぶ。自分は今、すっぴんでパジャマ姿のうえ、泣きすぎて目の周りが赤く腫れて、ものすごく情けない有様《ありさま》になっているはず。

「……石を」

「ん？」

「この石を、持って行ってもいいですか……？」

彼の綺麗な顔を見つめ続けるのが恥ずかしくて、再び視線を逸らして石へ向ける。智治の眼差しも同じ方向へ移動した。

彼は何も言わずに石の塊を持ち上げて彩霧に渡し、彼女の手を握ってふらつく体を立たせる。細い腰を抱いて寄り添うと、三階に続く階段へ向かった。

智治の部屋へ足を踏み入れた彩霧は中を見渡して驚く。そこはギター部屋以上に広い空間で、書斎と寝室《ベッドルーム》が合わさったような造りだった。

間仕切りとなる小さな壁が、一つの部屋である空間を簡単に区切っている。

無駄に広いとは思うが、書斎部分には天井まである巨大書棚が壁を覆い、本がびっしりと詰め込まれているため、これぐらいの広さがないと圧迫感が凄そうではある。

大きなデスクにはパソコンやよく分からない機器がいくつも設置され、いったい何に使うのかと不思議に思った。

きょろきょろと物珍しそうに眺め回す彩霧を、智治は体の側面をピタリと合わせたまま寝室へ導く。大きなベッドを見た彩霧の体が緊張に包まれた。

自分が借りている部屋のベッドも大きいと思っていたが、これはそれ以上だった。高身長の智治が使うのだから当然かな、と、どうでもいいことを考えて気を紛らわせる。

そのとき、背後からやんわりと抱き締められて心臓が止まるかと思った。体の奥からこみ上げる情動で膝が砕けそうになり、危うく大切な石を取り落とすところだった。

「あ、あの、石を、置きたい、です」

「……どこに?」

やたらと色っぽい声で訊いてくるから、今度は心臓が激しい鼓動をバクバクと刻む。耳元に熱い吐息を感じて、皮膚が粟立った。彼の体から香るトワレが嗅覚までも痺れさせるようで、男の艶やかな匂いにくらくらした。

こくり。彩霧は口内に溜まった唾液を飲み込んでから必死に声を押し出す。

「床に、置きます……」

ベッド脇の壁際に置かせてもらうことにした。うろたえつつ智治から離れて壁近くに石を置くと、再び背後から抱き締められて胸をやんわりつかまれる。

うあぁ、と変な声が漏れた。

押されるようにしてベッドの上へ導かれるから、ああ、本当にセックスをするんだと、いまさらながらこの流れに慄《おのの》いてしまう。

実のところ智治から部屋へ誘われたとき、同じベッドで眠るだけかなー、なんてアホなことを考えていた。……そんなはずはない。女が自分の部屋までのこのこついてきたというのに、何もせずに寝るだなんてどこの聖人君子だ。

などとおかしな考えを浮かべているうちに、シーツに座り込んだ彩霧を智治が後ろから長い脚で挟み、抱き締めてくる。羞恥で縮こまる彼女を柔らかく解《ほぐ》すように、しばらくはそっと撫でてくるだけだった。

背中を彼の温かな体温で包まれ、体を逞《たくま》しい腕で包まれて、彩霧は徐々に緊張しきっていた心が落ち着くのを感じる。そこへ——

「こっちを向いて」

やたらとセクシーな声で誘われて、彩霧は瞼をギュッと閉じる。なぜこの人は話しかけるとき、いちいち耳元で囁くのだろう。こんなエロい声を流し込まれたら抗《あらが》えないし、絆《ほだ》されてしまうではないか……

おそるおそる目を開けて首だけで振り向くと、至近距離に智治の整った顔があった。こんな間近で彼の顔を見たことがなかったため、眩暈を起こしそうである。

相変わらず綺麗な容貌だった。そして顔と同じくらい美しい瞳が自分を見つめてくる。けれど今まで見たことがないほどギラついているから、ほんの少し恐れを抱いた。

リビングで誘ってきたときの凪《な》いだ雰囲気が嘘みたいだ。彼の興奮を感じ取って体が熱くなり、胸の奥からざわざわと胸騒ぎのような感覚がこみ上げる。

見つめ合っているとさらにお互いの距離が縮まり、自然と互いの瞼が閉じられた。

湿った唇の感触が幾度も啄《ついば》んでくる。ちゅ、ちゅ、と吸い付いては離れる可愛らしいキスの囀《さえず》りが、静かな部屋に響き渡った。それは温もりを分け合う穏やかな口づけで、上唇と下唇を別々に愛撫する力はとても優しい。

キスの合間に抱き締めてくる手が腰のラインをなぞり、脚の形を確認するように這わされる。ゆっくりと戻ってきた手のひらは、乳房を通り過ぎてデコルテから首筋をやんわりと撫でた。

ゆるやかな触れ合いは、こちらの緊張や不安を少しずつ溶かしてくれる。

彩霧は無意識のうちに呼吸を止めていたため、智治が唇から離れたのと同時に大きく息を吐き出し、新鮮な酸素を吸い込んだ。その瞬間、うなじに移った手が頭を強く押さえ、仰け反った彼女の口が覆われる。

「んんっ」

自然と開いた隙間から舌が差し込まれる。いきなり深くなったキスにまったくついていけず、眉根を寄せて彼を受け止めるしかない。互いの舌が根元まで絡まる感触と、口蓋《こうがい》をこそげ取る舌使いに、ディープキスとは自分が知るものとはまったく違うものだと思い知らされる。

今までは舌先をちょろちょろと触れ合わせるのが深いキスだと信じていた。でも智治のキスは、攻撃的なほど激しいのに甘くて、強引なのに情熱的で、貪《むさぼ》るようなのに慰められる。

相反する不思議な感覚に思考がとろけてしまいそうだ。

混ざりあう唾液が媚薬にでもなったのか、長いキスに呼吸が乱れたのか、体の芯がぐんにゃりと崩れて唇が解放された。肩で息をしながら智治にもたれかかると、すぐそばで彼が舌なめずりをしているのが見える。赤い舌がなんとも卑猥で、久しく感じなかった性欲の灯《ともしび》が胸の奥に点《とも》るのを感じた。

その気になった自分が恥ずかしい。彩霧が目線を足元へ落としたとき、抱き締めてくる腕に力がこもってお互いの体がベッドへ倒れる。

その瞬間、圧《お》し掛かる女の姿がフラッシュのように瞬いて冷や汗が噴き出た。

「イヤ！」

智治の体を力一杯押すのと同時に、ハッとして彼を見上げる。智治は冷静な表情でこちらを観察していた。

「もしかして、何か怖いことを思い出したのか」

「は、はい……」

原田に圧し掛かられたときの恐怖をとつとつと語れば、智治が納得した顔つきで頷いた。

「すまん、気づいてあげられなくて」

「わっ」

勢いよく体を起こされ、座り込んだ智治を跨ぐ姿勢で脚の上へ座らされる。いわゆる体面座位になったことを悟った彩霧は、彼を正視できなくて咄嗟に顔を背けた。おそらく顔面は真っ赤に染まっているだろう。

そんな彼女の頬を、智治が愛しげに撫でてくる。両腕を彼の首へと導かれて互いの体が密着し、抱き締めてくれる力の強さに彩霧は安心感を得た。

男の人の体が温かい。人肌の温もりは恐怖や寂しさなどのマイナス感情を包み込んで消化し、徐々に体から力が抜けていく。

彩霧が落ち着いたことを察したのか、智治が耳にキスをしてきた。

「あっ」

思わず声が出て、上半身がピクリと揺れる。彼はそれに気を良くしたのか、さらに吸いつき耳殻《じかく》に沿って舌を這わせ、ねっとりと舐めては甘噛みする。

「ふぁああ」

変な声が漏れて恥ずかしい。それでも彼の舌が止まらないので唇を噛みしめるが、嬌声を抑えられない。顔から火が出る思いでモジモジと体を揺らしていたら、彼が囁いてきた。

「彩霧」

「う、ぁ」

初めて呼ばれた名前はひどく濡れていて、まるで自分の名が淫らでいやらしい幻惑に囚われる。ふるふると体が揺れる。

「彩霧」

「ふあぁっ」

「可愛い。もっともっと啼いて」

官能的で艶のある独特の声が、鼓膜を犯すかのようだった。しかも耳の奥まで舌先を突き入れられ、耳の性感帯をしつこく刺激されるから、ビクビクと感じ入ってしまう。くちゆくちゅと鳴る淫らな音がダイレクトに脳を刺激してくる。

もともと音に対して敏感な彩霧の聴覚は、己が漏らす卑猥な声と、彼が奏でる甘い声と粘着質な水音に、どうしても反応しては疼《うず》きを溜め込んでしまう。

「はあぁ、あんんっ」

耳を塞ぎたいのに、智治がいつまでも嬲《なぶ》ってくるからそれもできない。彩霧の腰が引けて逃げようとするが、体をきつく抱き締められたうえに、後頭部もガッチリつかまれて逃亡は不可能だった。

男と女はこれほどまでに力の差があるのかと、身をもって学ぶ破目になる。

こんな濃厚な愛撫をされたことがない彩霧は混乱の渦に飲み込まれていた。経験豊富な男の手練手管に、経験値が低い彩霧は翻弄されて自我が保てなくなるほど。

「やだぁ……もっ、やぁんっ」

「イヤ？　本当に？　そうは見えないけど」

智治が耳に唇をつけて色っぽい声で窘《たしな》めてくるから、腰に甘い痺れを感じた彩霧の呼吸がどんどん逼迫《ひっぱく》してくる。

しかも脚の付け根に熱くて硬いモノが当たって身の置き所がない。

智治の容姿は男らしいというより中性的な美しさがあって、たぶん厚化粧をすれば女装もいけるんじゃないかと思わせるほどの美形だ。

そんな美人が男の象徴を漲《みなぎ》らせて迫ってくるため、どう反応していいか分からず、心がはち切れそうなほど困惑してしまう。

そのとき彼の手が背中側からパジャマのズボンに侵入してきた。ショーツの布越しに秘部全体を大きな手のひらですっぽり覆われ、長い指が敏感な秘核を押し潰す。

彩霧の体に衝撃が走り抜けた。

「ああ！」

男の指が突起をこねくり回す。布地の上からの刺激でもクチクチといやらしい音が漏れ聞こえるから、否が応でも羞恥心を煽《あお》られた。

反射的に逃げようとして膝立ちになるが、耳への愛撫からは逃げられても、そこからはまったく動けず胸を智治の顔面に押しつけて悶えるしかない。

「ヤッ、あぁん！　くはぁあ！」

ただ一点のみを愛《め》でるぬるい愛撫は、単調な刺激ではあるが、女性がもっとも感じやすい部分を容赦なく攻めるものだった。彩霧は心拍音がぐんぐん高まるのを感じて喘ぐ。でもその割にはどこか物足りなくて、下腹部に切ない疼きが堆積していく。

しかも智治が攻めながら器用にパジャマのボタンを外し、前身頃を左右に広げて就寝用のブラジャーもずり上げ、白い乳房を彼の眼前に暴いてしまった。

ふるり。細くて小さめの体には不釣り合いなほどの豊かな胸が挑発的に揺れる。

彼の唇が胸の頂に吸いつき、勃ち上がった桃色の突起を舌で技巧的に転がす。

「はあぁぁん！」

陰核と乳首を同時に嬲られて、一瞬で彼女の快楽が突き抜けた。とろけた蜜壺からぬめる雫が幾筋も垂れ落ち、ショーツがぐっしょりと濡れそぼる。

お腹が熱いと彩霧は思った。優しい手つきではあるが延々と秘芯へ疼きを塗り込められ、敏感な乳首をしゃぶられて、腹の中で欲望という名の生き物が暴れ回っているようだ。

でもそれは決して直接的な快楽を与えてくれず、穏やかに嬲られている錯覚を感じる。甘やかな痺れがどんどん堆積していくのに、いつまでも解放してもらえず、本気で泣き出したい気分になった。

腰がもじもじと揺れるのを止められない。もう自分で慰めたいほどだ。でもそんな恥ずかしいことを智治の前でできるはずもなく、優しい拷問を受け続けてとうとう涙を零す。

頬を伝わり顎の先から乳房へと落ちた雫を、智治が舐め取った。

「気持ちいいか、彩霧」

コクコクと何度も頷けば、胸に顔を埋める智治がしたり顔で微笑む。彼は白い肌にいくつもの所有印をばらまくと、彼女のズボンとショーツをいっぺんに引き下ろした。が、彩霧は彼を跨いで開脚したままなので、太腿の中間までしか下ろせない。

それだけでも動きやすくなった智治の指が、秘められた恥部を大胆に攻める。秘唇の谷間をひっかき、形を確かめるように肉輪をぐるりと撫でた。

薄く伸びた媚肉を刺激された彩霧は、ヒュウッと喉を鳴らして戦慄《わなな》く。

彼女の表情をじっと見上げる智治が、秘裂を割って中指をゆっくりと泥濘《ぬかるみ》へ沈めた。

「あー……」

彩霧の引き締まった脚がガクガクと震え、背筋が強張って体が仰け反り、後ろへ倒れそうになる。

細い腰を抱き締める彼の腕に力がこもった。同時に彩霧も己を貫く指を締めつける。吸いつく肉襞を指に絡ませて、智治が秘筒をかき混ぜてきた。まるで愛液の中を泳ぐような指使いで、縦横無尽にまさぐられる。

彩霧は、ぐちゅぐちゅと粘液と空気が混じる聞くに堪えない音に、聴覚を犯されて嬌声を上げ続けた。銀色の蜜が重力に引かれて滴り落ち、彼の手をひどく汚していく。羞恥と申し訳なさで全身が桃色に染まった。

背筋を襲う刺激は絶え間なく続き、やがて二本、三本と増やされる指に体の力が抜けそうになる。熱くて柔らかい媚肉を嬲る指は、彩霧を確実に極みまで追い込んでくる。

――こちらに堕ちてこい、と。

「あぁん！　あうぅっ！」

隙間なく満たされる刺激と、膣襞を抉《えぐ》るような指の動きに蹂躙《じゅうりん》されて、彩霧は下腹を延々と痙攣させた。目を開けているのに視界には何も映さない。意識に白い霞《かすみ》がかかったようで、ひっきりなしに喘ぎながら身を震わせる。

体の内側で彼の指がいっぱいになっているのを感じて、それらが自分を快楽の底なし沼に沈めようとしている。すでに脚から肩までずっぽりとはまって抜け出せない。やがて頭も溺れて窒息しそうだ。もう耐えられない――

「んあああぁぁっ！」

悦楽の頂点へ駆け上がった彩霧は意識がホワイトアウトした。智治の指を咥えたまま下腹部が不随意《ふずいい》に収縮する。膝立ちの姿勢を保てず、体がぐらりと傾いだ。

指を引き抜いた智治が彼女を抱きとめてそっとシーツに横たえる。まだ肢体にまとわりついているパジャマのシャツと就寝用ブラ、濡れて重たくなったショーツごとズボンを剝ぎ取り、とうとう生まれたままの姿にした。

彩霧の白くて細い肢体を愛しげに撫でる智治は、肌のきめ細かさや弾力を堪能し、彼女の息が整ってから声をかけた。

「大丈夫か？」

「は、い……」

まだ朦朧《もうろう》としている彩霧だが、声はしっかりとしている。

智治は彼女を見つめながら服を脱いで全裸になると、彩霧の両脚を揃えてたたみ、体育座りの姿勢で横向きに転がした。豊かな乳房が彼女自身の膝で潰される。

彩霧は快感の余韻に支配されて、抵抗する気力もない。だが、これはなんだろうと、ようやく疑問が湧いて目線を智治へ投げ掛けた。

彼は妖しげな眼差しで彩霧を見下ろしつつ、避妊具のパッケージを破っている。

「しののめ、さん……?」

「智治」

「え……」

「名前で呼んでくれ、彩霧」

彼がそそり勃つ分身を上下に揺らしながら、横向きの彼女へ膝立ちでにじり寄る。上から圧迫しないよう彼女のお尻のあたりで背筋を伸ばして座り、怒張した陽根の先端を濡れそぼつ秘唇に添えた。

「あ……」

肉の唇と肉の棒が音を立ててキスをする。あふれ出る愛蜜とゴムのローションが混じり合い、にちゃにちゃと卑猥な音が奏でられた。

男の硬さを局部で感じ取った彩霧は、彼がどれほど興奮しているかを実感し、羞恥から枕を引き寄せて顔を埋める。

彼女の視界が塞がれたのを認めた智治がゆっくり腰を突き出した。

「ふっ、くうぅ……っ！」

くぐもった呻き声が枕から漏れる。すさまじい圧迫感が膣内を占領し、内側から強制的に隘路《あいろ》が拓《ひら》かれた。あまりの衝撃で、原田に襲われた恐怖とか智治への複雑な感情とか、胸の奥で渦巻く靄《もや》が吹っ飛んでいく。

——これ、きつい！

信じられないほどの質量だった。智治は体格こそ男性的な逞しさがあるものの、周囲にいる護衛たちほどガチムチではないため、失礼だが自分に見合うサイズだろうと勝手に思い込んでいた。

「くうぅっ、うう——っ！」

局部に男を少しずつ受け入れ、やがてガチガチに硬くなった剛直のすべてを飲み込む。寝転ぶ脚が跳ね上がり、まるで海老のように前屈の姿勢で串刺し状態になった。逃げることもできずに痴態を晒す彩霧は、恥ずかしさで失神しそうだ。

対して智治は、彩霧のお尻や太腿を撫でまくり満足そうな溜め息を零す。

「中、すごいな……うねって……」

むちゃくちゃ気持ちよさそうな声で吐息と共に漏らすから、彼女の下腹がきゅんきゅんと感極まった。

「ぐっ」

愉悦と苦悶が混じった彼の呻き声は、肌が粟立つほど壮絶に色っぽい。声だけで彩霧の官能が立ち昇り、理性が崩れ落ちそうだった。油断するとすぐにイってしまうかもしれない。

体を縮こまらせて悦楽に耐える彼女へ、大きく息を吐いた智治がリズミカルに腰を打ち付ける。と、同時に彩霧が枕から顔を上げて悲鳴混じりの声を上げた。

「やあぁっ！　やっ、これ、なにぃっ」

「どうした？」

「奥、当たってぇ……！」

感じたことがない最奥に肉の先端が突き入れられ、快楽の強大さに双眸から涙が噴き出る。

この体位は側位の一種で、男女の局部が完全にかみ合い、正常位では届かない深みにまで侵入することになる。そのようなことなど知らない彩霧は、枕を抱き潰しながら泣き叫んだ。

「いやあぁ！　うああっ！」

「この体位は初めて？」

「ひあぁ！　あああ！」

「経験なさそうだな。——可愛い、彩霧」

「やあぁぁんっ！」

下腹部に積もった疼きを拡散させるような絶妙な動きに、彩霧は啼きながら己を埋め尽くす陽根を締めつけた。

幾度も植えつけられる快感に善《よ》がり、狂おしいほど甘い男の劣情を受け止め続ける。満たされて酔いしれて、膣襞が嬉しそうに肉茎を包み込んで愛撫する。

ぎっちりと絞られる心地よさに呻く智治が早口で叫んだ。

「すまんが一回出させてくれっ」

言うが否や、激しく腰を振り出して彩霧を貪ってくる。彼女の下腹からすさまじい快楽が全身へと染み渡り、頭を振って途方もない快感を散らそうとするが無駄だった。

気が狂いそうになるほどの官能を味わう媚肉が、剛直に纏《まと》わりつきながら引き絞り、切ない喘ぎを漏らした智治の勢いがさらに増す。

彩霧は瞼の裏に光が弾けるのを感じながら、頂点まで意識を押し上げた。同時に腹の中で肉棒がビクビクと跳ねる。

「あぁぁ……、はあ、ん……」

お互いに荒い呼吸を繰り返しながら息を整えていると、先に復活した智治が体を引いて手早く避妊具を付け替えた。横臥《おうが》している彩霧を仰向けに転がし、彼女の瞳をのぞき込む。

「まだ怖いか？」

「……え」

一瞬、何を訊かれているのか分からなかったが、彼の気遣うような表情から、フラッシュバックによる精神状況を尋ねられているのだと思い至った。

「だいじょうぶ、です……」

そんなこと、セックスの激しさにすっかり忘れていた。それであんな変わった、圧し掛からない体位で抱かれたのかと納得する。

……優しい人だ。こちらの言葉をきちんと受け入れて労ってくれる優しさに、自然と口元に笑みが浮かんだ。それを見た智治も麗しい微笑を見せる。

「良かった、やっと笑ったな」

「え……」

「帰ってきてから泣いてばかりで心配した」

安心した表情の智治が覆い被さり、彩霧の唇を愛しげに塞ぐ。

誰かに気持ちを向けられていることが、彼女にはくすぐったくも嬉しかった。喜んで彼の舌を迎え入れて積極的に応える。くちゅくちゅと唾液を練りながら舌を絡め合い、彼の首に腕を回して密着すると、智治が強く抱き締めてくれた。

嬉しい、と素直に思う。たとえこれが同情による行為であっても、こうして自分を案じてくれる人に慰められると心が癒される。もう今夜はまともに眠れないだろうと覚悟していたのに、悪夢を見ずに安眠できそうだ。

ありがとう、東雲さん。心の底から彼への信頼と感謝を込めて口づける。彩霧の能動的なキスに、智治の舌へも熱がこもる。

静かに抱き合って舌を絡めていると、気づけば脚が大きく広げられて彼の腰を挟んでいた。このときになってようやく、智治の分身がまったく衰えておらず、しかも新しいゴムをつけていると悟る。

まさか。そう思ったときには蠢《うごめ》く彼が、秘裂に一物を押しつけていた。なのに塞がれた口と絡まる舌が解放されないから抗議できない。

「んふっ、んっ、んんぅ！」

待って、あんな激しいセックスをまた繰り返すなんて無理。もう十分、慰めてもらったから借りている部屋へ帰りたい。

彼の背中をタップして制止を望むものの、腰の動きは止まらない。

智治は陽根を濡れた花弁に滑らせて蜜を自身にまぶすと、膣口に狙いを定めて最奥まで遠慮なく貫いた。

「ん――っ！」

すべてを飲み込んだ秘孔が震えて肉塊を包み込む。絶頂を迎えた余韻が鎮まっていないそこは、悦んで侵入する分身をしゃぶり始めた。

女の蠕動《ぜんどう》に嬲られた智治が唇を離し、わざわざ彩霧の耳朶《じだ》に唇をつけて喘ぐ。

「イイ……すごく……」

心臓が破裂しそうなほど色気にまみれた声のおかげで、彩霧の下腹が切なく蠢いた。きゅっ、きゅっ、と柔らかな媚肉が硬い肉棒を扱《しご》き、精を絞り取ろうと強欲に愛撫する。

いやらしい動きに煽られて、ゆっくりとした男の腰使いが淫らに変化した。どんどん速く激しくなる突き上げに、情けないほど悶える彩霧は混乱する。

セックスとは、もっと単純であっさりとしたものだと思っていた。これほど濃い肉体の交わりがあるなんて知らなかった。声を出すことさえ恥ずかしくていつも耐えていたのに、耐えられないほど大きな快感があることも知らなかった。

「アァン！　ヤッ、アッ……アァァ！」

結合部で体液が弾けるいやらしい音が響く。そのときふと、男の腕の中で乱れまくる自分が脳裏に浮かび上がった。限界まで脚を開き、奥深くまで陽根を飲み込み悦ぶ己の姿。猛烈に恥ずかしくて脳髄が爛《ただ》れるようだ。

おかげでまたイキそうなのに、素直に官能に身を任せられない。きつく枕をつかみ、弾けそうな快楽を必死に遣《や》り過ごしては身悶える。

これ以上、官能に溺れる姿を智治へ見せたくない。すでに散々見られているのに、自分のすべてを触れられているのに、いまさら上品ぶる必要なんてないのに、もがき苦しみながら耐え続けてしまう。

「くうぅ、うう……ッ！」

　表情を歪ませる彩霧を、智治は執拗なまでに突きながらじっと見つめていた。

　やがて挿《い》れたまま彩霧の両脚を揃えてまっすぐに伸ばし、腰のあたりに枕を押し込んで彼女の腹部を持ち上げ、挿入の角度を合わせる。背中に腕を回して抱き締めると、体重をかけながら腰を振りつつ敏感な耳へ唇を寄せた。

「知ってるか。女性が脚を閉じると締まりが良くなって気持ちいいって」

「し、しら、ない……っ」

　恥ずかしいことを言わないでと抗議しようとすれば、心地よさそうに薄く笑っている智治と目が合う。その眼差しが色っぽくて甘い毒のようで、意図せずに下腹の内部がうねって分身へきつく絡みつく。

　うあ、と喘ぐ男の頭が落ちて、彩霧の首筋に埋められる。熱い息遣いと、「イキそうだった」との卑猥な囁きで、彼女の腰から太腿がぶるりと震えた。

「……挿れているときに耳元で囁くと、よく締まるんだな」

「やだぁ……言わないで」

「ほら、また締まった」

「やあぁ……」

男の余裕が己の羞恥を煽ってくる。劣情を含む妖艶な声と淫らな腰使いに刺激されて、五感のすべてが智治に支配されるようだった。だんだんと意識が混濁してくる。

美しくしなやかな獣に食べられる幻覚が脳裏を占めて、恥ずかしい己の姿は掻き消えていった。秘所をあますところなく蹂躙される彩霧は、ひゅう、ひゅう、と喉を鳴らしては啼き喚く。じわじわと激しくなる絡み合いで、肉を打ちつける甲高い音が響く。

「あぁ、あ！　しののめ、さぁ、あっあ！」

「智治だ、彩霧」

呼び方を間違えると剛直の向きを変えられて新たな刺激を刻まれる。彩霧はそのたびに甘い悲鳴を上げた。同時に肉洞が収縮して智治を絞り、彼は快楽の吐息をもらす。

「と、とも、はる、さ……ん、んぅ！」

「そう……もっと呼んでくれ。もっと。でないとお仕置きだ」

「ひあぁ！　智治さぁんっ、やっ、激しく、しないでぇ……！」

歌うように囀る男の声と抽挿の苛烈さに、優しいと思っていた彼は本性が肉食獣であることを思い知る。

でも自分も同じだった。中に欲しいと、一番奥に来てと、考える前にそんな思いが心に灯り、自分も動物だったと強く認識する。

そのとたん、ほんのわずか残っていた理性が瓦解した。もう抵抗心など微塵も湧き上が

らず、枕を握りしめていた手を離して彼の頭部をかき抱く。

恋人でも友人でもない男に抱かれる後ろめたさが完全に消え去り、猛烈な勢いで智治への蜜欲が嵩《かさ》を増した。もっともっと私を抱いてと、体ごと心が屈服してしまう。

「智治さんっ、ともはるさんぅ……っ！」

自ら彼の唇に己のそれを重ねた。体を揺さぶられているため深いキスはできないけど、合わさる皮膚から相手の口元が満足そうに弧を描くのを感じ取る。

やがて膣孔に突き入れられる衝動が激しくなり、涙で滲む視界は彼しか映し出さなくなった。心と体が智治に引き寄せられる。もう限界だった。

「あ、あっ、智治さんっ、イきそうイきそうぅ……っ！」

「私も、出そうだ……ッ」

秘筒の痙攣が止まらなくなって智治に縋りつく。未知の快楽に侵されて陽根を食い締めるうちに、泣き叫びながら彩霧は意識を弾けさせた。

彼女の愛撫に肉体の限界を迎えた智治は深々と突き上げながら中で果てる。

熱い膣内で波打つ分身が落ち着くまで二人は抱き合っていた。

先に起き上がったのはもちろん智治の方で、彼は素早く避妊具を付け替え、ぐったりとする彩霧に再度挑みかかる。

もう無理です、と弱々しい彼女の訴えを華麗にスルーしてうつ伏せにすると、腰を持ち上げて背後から一気に挿入した。悲鳴を上げる彼女の背に覆い被さり、ふるふると揺れる乳房をつかんで揉みしだく。背中の隅々まで舌でねっとりと愛撫し、きつく吸いついては跡を残し、貪欲なまでに彩霧を貪り尽くそうとする。

啼きながら善がる彼女の耳元に唇を寄せて、吐息混じりの声を流し込んだ。

「……さすがに三度目だと、男はなかなかイけないから。ゆっくり可愛がってやるよ」

ついでに耳殻をぞろりと舐めれば、彼女の秘筒は面白いぐらい収縮して、咥えた雄を一心不乱に締めつけた。

「やあぁ……、耳、なめちゃ……だめぇぇ」

「吸うならいいのか?」

「んあぁ……っ」

耳たぶを口に含んで甘噛みすると、彩霧の下腹部が大きく波打ってナカの媚肉がざわめく。ねっとりとした粘膜の蠕動は男に得も言われぬ快感を与えるから、軽く仰け反った智治は歯を食いしばって快楽を耐えねばならなかった。

「はぁ……っ、君の中が、すごく悦んでる……」

「ちがっ、……あ、あっ、あぁぁ……!」

彩霧は意識を飛ばして甘い責め苦から逃げ出すまで、長い長い夜を耐え続ける破目になった。

翌朝、頭のすぐ後ろから苦しそうな溜め息が聞こえて彩霧は目を覚ました。

「……おまえ、飼い主が違うだろう……舐めるな」

声と共に背中へピッタリと貼りついていた温もりが離れていく。抱き締めてくる逞しい腕も。

同時に「んわーうっ！」と怒りの鳴き声が聞こえてきた。あれは猫が空腹を訴える声だ。

「ごめん、うりちゃん……」

反射的に呟いた瞬間、しまった、と思った。

智治と一夜を共にして、いったいどのような態度を取ればいいかわからないのに、起きていることを白状してしまった。寝たふりをして智治と顔を合わせず遣り過ごしたかったのに。

……いやいや、ここで顔を合わせなくてもいずれ向き合う破目になるから、気まずいことは先に済ませておいた方がいい。でも恥ずかしくて起き上がることができない。

ふと気づけば、ガーゼケットからはみ出ている己の頭頂部に視線を感じた。しかも彼の気配が近づいてくる。

心臓の音がやけにリアルに聞こえて、体の外にまで響きそうな気分だった。

「風呂はウォークインクローゼットの奥にあるから、好きに使ってくれ」

耳元で囁かれる美声に悲鳴を上げそうになった。労りを込めた優しい声音なのだが、昨夜はこれがむちゃくちゃ色っぽく呻いていたから……ああ、思い出しちゃったじゃない！

硬直して耳まで真っ赤になっている彩霧を置いて、智治は猫と共に部屋を出て行った。

パタン。扉が閉まる音が聞こえた瞬間、彩霧は勢いよく上半身を起こした。ハァハァと肩で息をして顔面を両手で隠す。

——ヤバい、居候先の家主と致してしまった。

これからどうすればいいの。と、ベッドの上でジタバタ悶えていたら、ぐぅー、と彩霧を現実に戻す腹の虫が鳴り響く。

……お腹空いた。そういえば昨日は夕食を食べていない。さっさと起きて身支度を整えて食事の準備をするべきだ。仮歌歌手である智治の食生活を整えるのは自分の役目だと、ボイストレーニングを始めたときに己へ定めたはず。

おぼつかない足取りでバスルームへ向かい、シャワーを浴びて全身のヌルつきを綺麗に落とした。

しかしお腹が空いた……。何度も空腹を呟きながら髪を乾かし、天然石を持ってヨロヨロと自室へ戻る。石を抱き締めながら部屋の中を覗くと、太陽の光が差し込む時間帯のせいか霊の存在は感じなかった。

安堵の息を吐き、手早くメイクを施して着替える。いつもと同じ状態に整えてからリビングの扉の前に立った。

……緊張する。口から心臓が飛び出そう。

こういう場合はどのような対応をすべきか、質問掲示板にでも訊いておけばよかった。タイトル『心が弱っていたとき、恋人でも友人でもない男性に慰めてもらいました。でも私から誘ったわけじゃありません。これからどうすればいいでしょう?』で。

アホなことをグルグルと考え続けて動けないでいるうちに、数十秒か、一分以上はたっぷり立ち尽くしていた。しかし空腹に負けて、とうとう扉を開ける。

ほわり。肉が焼ける香ばしい匂いが彩霧の鼻腔をくすぐった。ベーコンの香りだと気づいたとき、ドアの開閉する音を察した智治がキッチンから出てこちらへ向かってくる。距離が縮まるにつれて彩霧の顔が青くなった。

だが智治は、彩霧をやんわり抱き締めて軽く唇を重ねる。

「……え」

茫然と立ち尽くす彩霧へ、心配そうな表情を浮かべた智治の端整な顔が近づく。

「顔色が悪いな。食事はとれる?」

「はい……お腹が空きました」

台詞を証明するかのように、ぐぅ、と腹の虫が鳴った。……なぜこういうときに限って体というのは正直なのだ。おかげで目の前にある綺麗な顔が驚いた表情になった後、クスクスと笑っているではないか。――むちゃくちゃ恥ずかしい！

「じゃあ食事にしよう。私が用意するから、座っていなさい」

「いえ、食事は私が……」

「いいから」

そう告げる智治に腰を抱かれてダイニングへ向かう。

ものすごく距離が近い。というか体の側面が密着している。

そして家主に食事の支度をさせて、自分はポケーッと椅子に座っていた。

茫然としていたものの、差し出された皿から立ち昇る香りに刺激されて食べることに集中した。

カリッと焼いたベーコン。肉汁がたっぷり詰まったソーセージ。ふわふわのスクランブルエッグ。たっぷりの温野菜サラダ。外はサクサクで中はもちもちのトースト。

「美味しい、です」

「たくさん食べてくれ。腹も減ったし、疲れただろう」

昨夜のことを持ち出されて、グフッと食べ物が喉に詰まりそうになった。慌ててブラッドオレンジジュースを飲み干す。

おそるおそる智治へ視線を向けると、うっすらと微笑む彼が妖艶な眼差しで見つめてくるではないか。パッと視線をテーブルに落とした。

やはり智治の近くにいると落ち着かない。次のコンペ用の作曲をしたいところだが、ここは外へ出て一人になるべきだ。

「あ、あの、部屋に置く魔除けの石を買いに行きたいので、この後、ちょっと出かけますね」

「そうか、私も行こう」

「え」

智治から離れたくて外出をするつもりだったのに、本人がついて来たら意味がないではないか。

「どのあたりに行くんだ？」

「えっと、御徒町《おかちまち》にある天然石の問屋街へ行くつもりですが、それ以外にも行きたい店があって、時間を取らせてしまうかも……」

「今日から盆休みで時間は余っている。構わないよ」

私は構います。との言葉は胸中で呟いておいた。なぜか楽しそうな彼へ、来るな、と言いにくいところがよけいにもどかしい。

だがそれでも、胸の奥で熱量が生じるのを感じてしまい、急ぎコーヒーカップに口をつけて自分を誤魔化した。

……嬉しい、と相反する感情を抱くなんておかしすぎる。

己の矛盾に気づかないフリをして、彼の心づくしである食事を綺麗に平らげた。

やがて外出の支度を整えた二人は揃って玄関へ向かう。

彩霧が収納棚からストラップパンプスを取り出すと、何を思ったのか智治が靴を取り上げて彼女の足元へ置き、跪いた。

大きな手のひらがそっと彩霧のふくらはぎを支え、足をパンプスに収めて長い指がスナップボタンを留める。

その動きを、彩霧は唖然と見下ろしていたため抵抗ができなかった。

「し、しののめ、さん……、そんなこと、しなくても……」

彼の頭頂部を凝視していたら、もう片方の足もパンプスに収めた智治が、上目遣いで熱っぽく見つめてくる。

「彩霧、私のことは智治と」

「え……」

彼は優雅に立ち上がると、今度は彩霧を見下ろして優しく腕の中に捕らえた。お互いの距離がゼロになり、彼女が硬直する。

「智治と、名前で呼んでくれ……昨夜は呼んでくれただろ」

昨夜という単語と、肌で感じる男の吐息と温もりで、一瞬にして彩霧の脳内にピンク色の情景が噴出《ふんしゅつ》した。確かに自分は智治に組み敷かれて乱れている最中、彼の名前を無我夢中で呼んでいた――

そこでかすれた悲鳴を上げた彩霧は、目の前にある胸板を思いっきり押して離れようとする。が、もちろん智治が離すはずもなく、さらに強く抱き込まれた。

「あ、あのっ！　離してください、お願いです……！」

「嫌だね。名前を呼んでくれ」

「……離してください、智治さん」

震える声で名を呼べば、智治は満足したのかようやく彩霧の体を解放した。だがその際、目元や額にキスをしてくるから、胎の奥で感じ始めた熱がなかなか引いてくれない。

玄関に設置されている姿見を一瞥すれば、頬は熟れたりんごのように真っ赤になっている。しかも智治が、こちらのふらつく腰を抱き寄せて支えながら一階へ下りるので、余計に顔の赤みが消えなかった。羞恥で俯いたままでしか歩けない。

階下には護衛チームのリーダーである武林が待機していた。彼は寄り添って下りてくる二人を見てほんの少し目を見開いたが、すぐにポーカーフェイスに戻ると智治の背後を警護《ガード》する。

他の護衛たちも驚いた様子だったが、すぐさま襟を正して二人を取り囲む。

彩霧は警護車両に乗り込むまで顔を上げられなかった。周囲にいる護衛たちの目が気になって仕方がない。以前、楽器店へ行ったときはこんなふうに腰など抱かれなかったのに。

しかも智治は車内で話しかけてくる際、「彩霧」と名前で呼んでくる。前の席にいる護衛二人にはバッチリ聞こえただろう。やはり恥ずかしくて顔が上げられない。

昨日までは「加納さん」だったのに、突然呼び方が変わって親密そうにすれば、昨夜何かあったと誰にでも分かる。その〝何か〟がどのようなことであるかも。

皆、大人なので気づかないフリをしてくれるものの、それがかえって白々しい。

御徒町に到着しても、先に降りた智治に手を差し出される。迷った末にその手を握って車から出た。

絶対に離そうとしない彼の手を振りほどく勇気もなく、彩霧は目的の店への道のりを案内しつつ問屋街を歩いていく。

が、手を繋ぐ男が極上の面構えなので、ときどき女性の視線を集めることがツライ。

なんであんなイケメンがあの程度の女といるの？　といった声が聞こえてくるようだった。精神的な何かをゴリゴリ削られながら一軒のお店へ入る。

店内には様々な種類の天然石が所狭しと陳列されていた。商品は原石が多く、それ以外にも裸石《ルース》やビーズも豊富だ。

こういったお店に初めて来たらしい智治は、物珍しそうにキョロキョロと眺めている。

そこでやっと手を離してもらい、顔馴染みとなっている店主のもとへ向かった。

「お久しぶりです、オーナー」

初老ともいえる年嵩《としかさ》の男性は、彩霧の顔を見てニカリと笑う。

「久しぶりだね、お嬢さん。今日は何が欲しいの？」

「部屋に置いた魔除けの石が割れてしまったので、代わりになるものを」

「ふーん。……確かにちょっと弱っているようだね。強い石を置いた方がいいね。ちょうどいいモンがあるよ」

高いんだけどね。そう呟きながら箱の中から取り出したのは、手のひらサイズの黒水晶《モリオン》の柱状結晶群《クラスター》だった。

モリオン――強大な浄化力を持つ邪気払いの石である。漆黒の原石の塊は、見ているだけで己の中の何かが吸い取られるかのようだった。

「これ、すごいですね……」

「だろう？　お嬢さんにはいいんじゃないか。なんか大変そうだし」

そう、部屋に霊が侵入してくるほどなので、切実だった。

モリオンの値段を訊いてみると、店主が高いと言うだけあって確かに高額だ。しかし今の自分には手つかずの損害賠償金がある。

買います、と彩霧が即答すると、店主は納得したようにうんうんと頷いた。

「資金に余裕があるなら、お守りも身に着けた方がいいぞ」

彼が自分の左手首を指さしたので、ブレスレットを勧められていると悟った。

「石の組み合わせで、お勧めはありますか」

「お嬢さんの状況なら、天眼石《てんがんせき》とマラカイトが必要じゃないかな」

「なるほど。ありがとうございます」

天眼石とは、灰色と黒の縞模様が眼のように見えるのでこう呼ばれている天然石だ。マラカイトも同じく縞模様が浮かぶ緑色の石で、別名が孔雀石《くじゃくいし》。どちらも破邪《はじゃ》の効果を持っている。

さっそく天然石ビーズが陳列されているあたりへ向かった彩霧は、石をじっと見つめてピンときた石のみを選んでいった。どれも眼の模様がハッキリと表れているものばかりだ。トレーに選んだ石を載せて店主へ渡すと、「強そうな奴らばかり持ってくるねぇ」と笑いながらテグスを取り出し、彩霧の手首の太さに見合ったブレスレットを作ってくれる。実際に嵌《は》めてみるとかなりいい感じだった。石の波動が心地よく、心が少しずつ落ち着いてくる。

己の手首を見つめて満足していると、店主はいつの間にか隣にいた智治へクレジットカード伝票を差し出した。彼はそれへサインをして店主へ戻している。

彩霧は両者のやり取りが終わってから、「全部でおいくらですか？」と訊いてみた。すると店主からとんでもない返事が投げられる。

「贈り物の値段を聞いちゃ駄目だろー」

待ってそれどういうこと！　目を丸くして立ち尽くす彩霧を、智治が肩を抱き寄せて店の外へ連れ出してしまう。おかげであのカード伝票が、自分の石の会計だと悟った。

「東雲さん！　ちょっ、なんで、石、お金……っ！」

あまりに混乱しすぎて言葉が出てこない。なぜ支払ったのか、とか、石の総額はいくらだ、とか聞きたいのに、呂律《ろれつ》が回らなくて目が回る。

しかし智治の方は値段うんぬんよりも他のことに反応した。

「彩霧、私のことは名前で──」

「智治さん！　どうして勝手に支払っちゃったんですか、あれは私が買うものですよ！」

道のど真ん中で抗議すると周囲から視線を感じて痛い。なので、「ちょっとこっちに来てください」とビルとビルの隙間にある細い路地に智治を押し込む。

護衛が入り口を塞ぐようにしてこちらへ背を向けたので視線が遮られた。助かった。

薄暗がりで腕組みをする智治は、本気で分からないといった顔つきをしている。

「私が買ったら駄目なのか？」

「…………」

彩霧は大きく深呼吸をして息を整えると、まっすぐに彼の瞳を見上げた。

「え！」

「智治さん、私は今、あなたの家に居候をさせてもらって、昨日の事件の際には弁護士さんを手配してくださって、本当に感謝しきれないほど感謝しているんです。なのでこれ以上の厚意は受け取れません。今日の買い物に使うお金だって、智治さんからいただいた賠償金を使うつもりだったんですよ」

するると返ってきた本人の答えは、彩霧が予想できないものだった。

「賠償金を使って買い物をするなら、私が買っても同じだろ」

「え?」

「金の出どころは一緒だ」

……違う、全然違う。損害賠償金は交通事故の示談金であって、受け取ることに対して正当な理由があるお金だ。今回の石代は受け取る理由がない。

そう訴えたのだが、智治はニヤリと胡散くさそうな笑顔を見せる。

「でも、ベースギターは受け取ってくれたよな」

「え」

ベースギターって、この人の家にベースは……って、えぇぇ!

「嘘っ、あれって智治さんのものですよね」

「ベースに興味はないよ。だから一本も持ってなかっただろ」

……確かに。

しかしそう言われても、智治の言葉が予想外すぎて彩霧は狼狽えてしまう。ベースギターは天然石よりもはるかに高価なのだ。まさかあれが自分のものだなんて……と思いつつも、ちょっぴり嬉しいと思ってしまうからよけいに混乱した。

——ベースギターが自分のものなら、持って帰ってもいいんだろうか。一緒にアンプも買っていたけど、あれもいいのかな……？

現金なことを考えて挙動不審になっていると、彩霧の様子をじっと見つめていた智治が足を踏み出し、彼女の両肩をつかんできた。

ハッとして顔を上げた彩霧の至近距離に智治の顔がある。彼はもう笑ってはおらず、瞳に彼女だけを映して見つめていた。その気迫に、求められていると彩霧も悟る。男が女を欲する目だと。

そこで己の馬鹿な行動にようやく気づく。こんな人気のない場所で二人きり。しかも護衛が他の人間の接近を防いでいる状況。

そっと唇が重なった。柔らかくて温かい特別な感触。昨夜はこれが何度も己の口を塞いだ。キスというものが、ただ触れ合うだけのものではなく、欲望を高め合うものだということを教え込まれた。絡み合う舌と混じり合う唾液と粘着質な水音が、互いの興奮を否応なしに煽るのだと。

口の中に快感を生み出す箇所があることも知らなかった。歯を一本ずつ丁寧に舐められる行為が、これほどまで背筋がゾクゾクすることさえ。

もっともっと口づけたいと、己の内にある秘めた情欲がむくりと持ち上がる。

――キスって、すごく気持ちいいものだって、初めて知った……。

激しいのに甘い口づけなんて、経験したことがなかった。智治との夜は、今まで感じたことがない強大な快楽を教えられて、自分が作り替えられたような甘い怖さがあった。

溺れる、ハマる、といった表現がこれほど相応しいものはない。自分の体と心を好きなように扱われることが気持ちいいと認めてしまった。

――もっともっと、何度でもいっぱい私を抱いて。

心の奥底でそんなはしたないことを考えていた。あれは単に慰めなのに、同情から手を差し伸べてくれただけにすぎないのに、自分は何を期待しているんだろう。

それを分かっていながら、抱き締めてくる智治にいつの間にか縋りついていた。さらに唇が密着して吐息までも混じり合う。ここは屋外だと分かっていながら、いやらしい息遣いをくり返して口づけに没頭してしまう。

だって今朝の彼は優しかったから。行きずりといってもおかしくない関係なのに、突き放されると、勘違いするなと言われると思っていたのに、砂を吐きそうなほど甘かったから。

思い返せば、出会った頃の不機嫌でつっけんどんな態度からは信じられないほど、同居してからの彼は優しかった。

まるで恋人に対する扱いではないか。ただの親切にしては度が過ぎている。

心の奥では、もしかしたらと期待していた。もしかしたら自分は愛されているのかもしれないと。もしかしたら本当に――

『あ、やっぱり専務さんだ』

人形のような白磁の美貌を思い出した瞬間、彩霧の熱が急速に冷めた。しがみ付いていた体を押して顎を引く。唐突にキスが終わって、見つめてくる智治の顔に疑問が浮かんだ。彩霧は思わず視線を逸らす。

「外は、恥ずかしい、から……」

「屋内ならいいのか?」

反射的にこくりと頷いてしまった。……屋内で何をするつもりなんだろう、自分は。人妻をいつまでも想い続ける情熱家《ロマンチスト》に惹かれても、未来なんかないのに。

智治が彩霧の手をそっと握り締めて路地を出ようとする。慌てて彼を止めて、指先を唇へ伸ばした。

「口紅が……」

自分の色が移っている。指の腹で智治の柔らかな皮膚をそっとなぞった。

唇という親密な場所に触れることを許される感覚がくすぐったい。のぼせそうだ。

色づいた指先を無視して見つめ合うと、智治が視線を絡ませたまま紅色の指をぱくりと咥えた。

ぬるり。粘膜が皮膚を執拗に舐める感触に彩霧は驚く。慌てて指を引き抜く瞬間、彼の舌に己の色彩が移っているのを認めた。

自分が纏う紅を食べてくれた彼に、己が食べられているような錯覚を抱く。体の奥が疼いて熱い。でも必死になって理性で熱情を抑え込む。

――私はまだ、あなたに話していないことがあるんです。

『いい作品を作りましょうね、二人で』

『いい作品を作ろうね、私たち二人で』

自分はまた同じ馬鹿をくり返そうとしている。それを分かっていながら己の狡《ずる》さを告げないならば……他の女へ心を差し出した男に体を求められても、責める資格なんてない。

彩霧は体液が絡む指をぎゅっと握り込む。智治に肩を抱かれて寄り添いながら路地を出た。

この後に寄った天然石の店は、ジュエリー感覚のアクセサリーが豊富で、洗練されたデザインは溜め息を零しそうになるほど美しい。

智治は先ほどの店よりこちらを気に入ったようで、商品を彩霧よりも熱心に眺めている。石は彩霧の直感で選び、アクセサリーのデザインは彼が選ぶことになった。二人で話し合いながら決めたのは、アウイナイトのピアスと、ゲーサイト・イン・ブルートパーズのネックレスだった。

〝過去から気持ちよく旅立たせてくれる石〟と、〝依存心や過干渉を手放したいときの石〟を選んだのは偶然だろうか。彩霧はほんの少し苦く笑う。

でもパワフルな石を身に着けて、「よく似合っている」と智治から笑顔で褒められれば悪い気はしない。

……本音を言えば、嬉しかった。とても。

閑話

ぐじゅっ。ひときわ大きな水音が広いリビングに響き、自分の下にいる彩霧がビクビクと震えた。

ソファから崩れ落ちるような姿勢で座る彼女は、サマーニットと下着をめくられて豊かな乳房を晒し、両脚をM字の形にして限界まで開かれ、男の太い一物を飲み込んでいる。

対して智治は、ズボンのウェスト部分をくつろげただけで着衣に乱れはない。

その差異にますます羞恥心を煽られるのか、彩霧はギュッときつく目をつぶっていた。

彼が腰を振ると同じリズムで細い体が揺れて、足首に引っ掛かっていたショーツがぽとりと床に落ちる。

「あぅ……、うくっ、ううぅ……っ」

明るい照明の下で痴態を暴かれている彩霧は、羞恥から顔が真っ赤になっている。小さく開いた隙間から見える舌も赤い。鮮烈な色に眼差しが吸い寄せられる智治は、唇を覆うように塞いで赤い舌を味わった。

「んふぅっ、んっ、んんぅ……」

こうやって舌を絡めると、彩霧のナカはいやらしく蠢く。媚肉の蠕動が気持ちよくて、智治は夢中で口内を蹂躙した。ついでに腰を回して秘孔をかき混ぜると、彩霧の全身が震えて身をよじる。

「くふうぅっ、うう、んく……っ！」

ちょっと苦しそうな喘ぎ声だったため、唇を解放すれば深呼吸をする彼女は涙目になっていた。

「大丈夫か」

「はぁっ、……しょくざい、えらばない、と」

その言葉に、ほんの少し前まで彩霧と共に通販サイトを見ていたことを思い出す。

二人で話し合いながら食品類を選んでいたのだが、ムラムラしていつの間にか押し倒してしまった。

「そんなものは後でいい。それより、ほら……」

根元まで埋め込んだ剛直で最奥をノックすれば、膣襞がぐじゅぐじゅと不随意に動いては締めつけてくる。彼女のいじらしい奉仕に智治の目が細まる。

――可愛い。

彩霧は愛嬌があってとても可愛らしい。何より素直で癒される。

腕の中で簡単に乱れてくれる彼女を翻弄すると、幸福で胸が満たされるようだった。甘い香りのする体や柔らかくて熱い内部はとても心地いい。

弾力のある瑞々しい乳房を揉みしだけば、啼きながら肉塊を絞ってくる。膣圧がグッと高まり、智治は恍惚の溜め息を漏らしながら細い肢体を抱き締めた。

震える腕が己の背中に回されて抱き返してくる。彩霧が縋りついていることを感じるだけで興奮する。急速に下半身へ激情が集まるのを感じた。

その途端、びくりと腕の中の肢体が緊張する。

「あっ、あぁっ、だめぇっ、だめ、なの……」

「何が？」

「おっきく……おっきく、なってぇ……っ」

涙混じりの声で、智治の顔に愉悦の笑みが浮かぶ。

隙間なく密着する濡れた肉のざわめきが気持ちいい。油断すると放出しそうだ。

奥歯を噛み締めてゆるゆると律動を刻み込めば、彩霧は艶めかしい声を上げながら善がっている。同時に男の精を求めて波打つ媚肉が絡みつき、陽根から伝わる快感が男の脳を痺れさせる。

蜜嵩が増すのも感じ取り、彼女の性感が極限まで高まっていると悟った。いやらしい水音が先ほどよりも粘ついている。視線を結合部に向けなくても、互いの秘所がびしょ濡れなのは分かった。

あふれた体液でスカートどころか、ソファへも染みを作っているはず。少し強めに腰を打ちつけると飛沫《しぶき》が跳ねる音がした。

「……ソファカバーを、掛けるべきだったかな」

その言葉で、彩霧も自分が汚している家具の惨状を察したようだ。

「やだぁ……、ここ、いやぁ……」

「諦めろ。染みが気になるならソファを買い替えるから」

「もったい、ないよぉ……」

彩霧が震えつつ智治の体を押しのけようとするが、もちろん男の体はビクともしない。しかし自分から離れようとする動きにむっとした智治は、濡れそぼつ局部に指を伸ばし、慎ましく膨らんだ蜜芯を押し潰した。

「きゃううう——っ！」

仔犬のような悲鳴を上げて、彩霧は一気に絶頂を呼び込む。同時に鋭い締め付けに襲われた智治は、咆哮を漏らすほどの悦楽に理性が焼き切れそうになった。

「ぐ……、クソッ」

昂る射精欲を懸命にこらえ、猛烈な勢いで腰を打ちつける。まだ完全にほぐれていない子宮口をこじ開けるように亀頭を突き入れ、熱い肉襞を巻き込みながら幹を引き抜く。

遠慮のない抽挿に膣孔が痙攣し始めるが、その振動さえも美味しくいただきながら彩霧を犯し続けた。

「ややあっ！　まっ、ああ！　あぁぁっ！」

極みまで登りつめた後に、下りきる前に再び頂点へ押し上げれば、彩霧は涙と汗を噴き出しながら泣き叫んでいる。

イきすぎるのもつらいと思うが、腰が止まらない。深く強く、上から体重をかけて貫いては秘肉を存分に掘り返す。興奮しすぎて蜜孔の中で滾《たぎ》る一物が幾度も飛び跳ねる。

完全に屈服した彩霧は頭を反らせて、口の端から体液をたらたらと零した。

「あぁああ……っ！　ああっ！　あぁぁ……！」

智治は嬉しそうに雫を舐めては口づけて舌をみっちりと絡める。

彩霧は男の加虐心を刺激する女性だと彼は思う。このように快楽に堕ちて、男の性技に完全服従する姿を見せつけられたら、雄の劣情は余計に煽られて止まらない。

そろそろ竿の付け根がじんわりと熱くなってきた。

思いっきり肌を打ちつけ、性欲の解放地点へと己を追い込む。腰のペースが上がる。

彩霧が泣き喚きながら首を左右に振った。

「んはぁ！　ああ！　うあぁっ！　んあぁぁっ！」

痛いぐらい陽根が締めつけられる。悦楽から逃げようとする彩霧を強く抱き締めて、腕の檻にガッチリ閉じ込めた。

もう智治の方も彼女を気遣えず、自分本位に攻め続けて貪り尽くそうとする。

「ひぁあ！　もっ、もうぅ……っ！」

甲高い啼き声と共に媚肉の痙攣が止まらなくなった。すでに彩霧の悲鳴はかすれて声にならない。

女の秘壺が、男の分身を情熱的に搦め捕って射精を促す。その誘惑に耐え切れなくなった智治は、彼女の奥でたっぷりと吐精した。

敏感になっている膣道が大きく震える。薄膜に阻《はば》まれてはいるものの、精が与えられる気配を感じ取ったのか、最奥へ招こうと健気に蠢いていた。

「あぁ……」

智治の口から気持ちよさそうな声が漏れる。実際にものすごく気持ちいい。最高だ。

我を忘れて彼女の肉体にのめり込んだ彼は、分身を熱い胎に収めた状態で、ぐったりとする彩霧を抱き締めたまま体の力を抜いた。

——ずっとこうしていたい。

もう離したくない。体だけじゃなく存在そのものを手に入れたい。どうすればいいだろうか。

盗聴犯《はらだ》が捕まったおかげで、この家に縛りつけておく理由がなくなってしまった。部屋の調査をわざと長引かせて自宅に繫ぎ止めていたのに。

犯人の不起訴が決定すれば、護衛をつける理由まで失ってしまう。

今は自分のそばにいるから、ついでに護っているという体裁《ていさい》で警護していた。しかしこれも限界がある。

引っ越し先が見つからないように裏から手を回しているが、これだっていつまでも続かない。

いったい、どうすれば……

そのとき、背後のテーブルに置いてある智治のスマートフォンから着信音が鳴り響いた。腕の中の彩霧がびくりと震える。

この音は個人秘書からの連絡だった。彩霧との時間に邪魔が入るのは気に入らないが、無視してもずっと鳴らし続ける可能性が高い。

仕方なく結合したまま体を起こして背後へ腕を伸ばす。その途端。

「くふうぅ……っ」

口を両手で押さえた彩霧が縮こまって震えている。彼女の秘筒がぴくぴくと動いているから、亀頭の当たる位置が変化して刺激を送ってしまったのだと気づいた。

ひっそりと微笑む智治は、「休日にまでなんの用だ」と通話に出ながら、ことさらゆっくりと肉槍を引き抜く。声を出さないように必死に耐える彩霧の太腿が細かく震えた。

智治の一物はいまだに衰えておらず、白濁を溜め込んだ避妊具を連れて先端が抜け出た際、鋭敏になっている肉輪を引っかけて彼女の腰が悶える。

智治はスマートフォンを肩と顎で挟み、避妊具を処理しつつ彩霧の艶姿《あですがた》を見つめる。

彼女は片手で口を押さえ、もう片手で大きく開いたままの自分の脚を閉じようとしていた。脚が痺れたか、腰が抜けたかで動かせないらしい。

ぱっくりと開いた秘裂を見ていると、もともと元気だった分身がさらにギンギンになる。再び避妊具を被せ、彼女の開いた脚の間で膝立ちになった。

目を見開く彼女が止める間もなく、張り詰めた漲りで濡れたあわいを押し開いていく。

「ん――っ！」

悲鳴を呑み込もうとしても止められない、といった様子だった。

彩霧は快感の直撃を受けて体を強張らせているが、埋め尽くされた熟れた媚肉は卑猥な歓迎をしてくれる。

智治が熱い溜め息を漏らせば、さすがに通話相手もこの状況を察したようだ。

『……もしかしてお邪魔でしたか』

「なんだ、やっと分かったのか。分かったならさっさと用件を済ませろ」

話しながら軽く腰を揺らすと、彩霧が震える指先で彼のシャツをつかみ、目を閉じて快感に耐えている。そんな可愛くていじらしいことをされると、ますます虐めたくなる。

亀頭のくびれで小刻みに媚肉を抉れば、さらに強く締めつけてくる。

『それは失礼しました。残りはメールでお送りします。……少々お伺いしたいのですが、お相手は例の人妻じゃないですよね』

「はあぁ？」

素っ頓狂な声を出してしまった。——人妻って、彩霧とはまだ結婚してないぞ。

しかしすぐに、秘書が言う人妻とは香穂のことだと思い至った。

智治はゆっくりと腰を突き出しながら呆れた声を放つ。

「おまえ、アホなことを言うな。そんなわけあるか」

『では同居人の方《かた》ですか。良かったですね、とうとう諦められたようで』

「……うるさい。もう切るぞ」

プライベートを知る秘書だと、こういうとき忌々しい。……香穂のことはここ最近、まったく、欠片《かけら》も思い出さなかった。

回線を切ってスマートフォンを足元に落とし、彩霧の左脚を持ち上げて己の肩に掛ける。

蜜口が伸びて膣孔がねじれ、異なる快楽に侵略された彼女が仰け反る。

いまだに声を押し殺す彩霧に口づけて、閉じた唇を舌先でこじ開けた。

「ふあっ、ふくぅ……っ」

「声、出してもいいぞ」

キスの合間に囁けば、彼女は素直に喘ぎ始めた。艶っぽい声が耳に心地いい。

――人妻……そうか、結婚すればいいんだ。

そうすれば彼女を永遠に自分のものにできる。それを思いついた途端、ストンと腑に落ちる感覚があった。

結婚したい。今はまだ周囲に不穏な気配が取り払えないが、山場を越せばここまで警戒しなくてもいい。

「ともはる、さん……？」

考え込んでいたら唇が外れてしまい、至近距離で彩霧が見上げていた。その濡れた眼差しを受け止めていると心が弾む。

智治は雑念を払って、己に縋りつく愛しい人にのめり込んでいった。

第五章　別離

お盆休みも終わり、忙しない日常に戻った週の木曜日。眠そうに欠伸を零しつつ出勤した彩霧のもとへ、マネージャーの釘貫がドタドタと走ってきた。

「加納ちゃん、やったじゃん！」

東雲資源開発株式会社のＣＭに使う楽曲コンペの結果が発表されたのだ。厳正な審査の結果、彩霧の曲が採用されたとの知らせに、本人よりも彼の方が大仰に喜んでいる。

「あ、ありがとうございます……」

「うんうん、やっとスランプから脱出できたって感じだな。本当に良かった！」

私って、スランプだったの？　自分のことながら自覚がなかった彩霧は首を捻ってしまう。すると釘貫が苦笑を零した。

「ほら、彼氏くんの事故があってからさ、曲調が暗くってイマイチな楽曲が多かったじゃん。ラブソングを募集するコンペなんて、一年間ずっと採用されなかっただろ」

釘貫は事務所内で、彩霧の元恋人が亡くなった経緯を知っている唯一の人だ。事故があった直後は作曲どころか部屋に閉じこもって泣き続ける彩霧へ、彼は妻と共に食事を差し入れたりと、何かと世話を焼いてくれた。

仕事では厳しい面もあるが、情に厚いマネージャーでもある。今までずっと心配させていたのだとようやく気づいた彩霧は、己の無関心を恥じつつも彼へ深く感謝した。

「もう大丈夫です。あのことに関しては忘れたわけではありませんが、これ以上は引きずらないよう、気持ちを切り替えることにしました」

悲しむのではなく、自分を責めるのでもなく、怒るべきだとの考えを受け入れることができたから。

しかし不意に、そのことを教えてくれた人を思い出してしまい、耳まで真っ赤になって顔を伏せた。当然、釘貫が不審そうな声を出す。

「おーい、どうした？　嬉しくって熱でも出た？」

「……子供じゃないんですから。なんでもありませんよ」

智治と肌を合わせてからというもの、今日までほぼ毎晩、彼の部屋で眠っていることを思い出したのだ。……もちろん眠るだけでは済まされない。

特に先週のお盆休みは互いに出かける予定もなかったため、ギターレッスンやボイストレーニングをする以外は、ずーっと家の中でイチャイチャしていた。夜は智治が食事に連れて行ってくれたが、それ以外だと引きこもりになっていた気がする。

……一日中、半裸で過ごした日もあった。彼も『猿になった気分だ』とおかしそうに笑っていた。

おまけにちょうど彩霧の誕生日が盆休み中にあったため、こちらのリクエストに応えて智治が望むままに歌ってくれたから、もう本当に楽しかった。

ここしばらく睡眠不足で日中に大欠伸をしているのは、連休中の弾けた高揚感が消えないのが原因かもしれない。

頭部を茹蛸《ゆでだこ》のようにして悶える彩霧を、釘貫が奇妙なものを見る目つきで眺めていたが、すぐに話を変えた。

「そうそう、クライアントから今回の楽曲について問い合わせがあったんだよ。仮歌歌手がすっごく良かったらしくって、ＣＭのイメージにぴったりだから、そのシンガーに本チャンでも歌わせたいって」

それを聞いた瞬間、口をつけていたペットボトルの水を噴き出しそうになった。……まさかその仮歌歌手が、スポンサーの役員だとは言えない。言えるはずがない。

そ、そうなんですか、と引き攣った笑みを浮かべつつ、どうやって断るべきかと必死になって考えていると、釘貫が感慨深げに口を開いた。

「あの歌声、良かったよなぁ……。でも初めて使った仮歌さんだよね？　聴いたことない声だったし」

「……はあ、まあ」

「よく見つけてきたね。しかも久々じゃん。仮歌さんがプロとしてデビューするのって」

コンペに選ばれた楽曲が、仮歌歌手の歌声ごと採用されるという話は少なくない。

だが智治はプロになることはできないと思う。

たまに招待されて東雲邸で辰彦と会うのだが、彼に子供がいる気配はなかった。そうすると後継者は甥の智治しかいないはずだ。

プライベートなことなので、ハッキリ聞いたことはないが、二人の東雲氏と話をしていると、なんとなく間違っていない気がした。

「あの、仮歌歌手の件ですが……たぶん本番でのレコーディングは無理だと思います」

「え、なんで？」

「たぶん、本人がお断りすると思いますので……」

「またまたぁ。仮歌さんがプロデビューのチャンスを逃がすはずないだろ」

「……まあ、確かに」

「そりゃあさ、優秀な仮歌さんを失いたくないって気持ちは分かるよ。プロになると仮歌を歌ってくれなくなるからねぇ。でもだからといってプロデビューのチャンスを握り潰しちゃいかんよ」

……まったくもってその通りである。普通の仮歌歌手なら、デビューの話は喉から手が出るほど欲しいだろう。だがしかし。

――スポンサーに歌ってもらいましたが、選考の際に依怙贔屓《えこひいき》をしてもらったわけじゃありません。たしかに肉体関係はあるけど付き合っていませんし……って誰も信じないよ！　私だってそんな都合のいいこと信じねー！

まずい。このままでは枕営業をした作曲家という不名誉なレッテルを貼られてしまう。釘貫へ、「仮歌歌手さんに連絡してきます」と告げてそそくさと席を立った。メッセージを送るよりも直接話した方が早いと判断し、電話をかけた。

就業時間中に多忙な彼へコールしにくいものの、今回ばかりは別だ。幸いなことにすぐに回線が繋がった。

『珍しいな、彩霧から電話をかけてくるなんて。何があった』

「はい……、その、ＣＭ楽曲の話って聞いていますか？」

『ああ！　聞いたよ、君の曲が採用されたそうだな。おめでとう』

心から喜んでいると分かる口調で、彩霧の胸の内にある苛立ちがしゅるしゅるとしぼんでいく。彼のこの様子だと、楽曲の選考には本当に関わらなかったのだろう。

「ありがとうございます。それとは別なんですが、曲の歌い手にプロシンガーではなく、仮歌を吹き込んだ歌手を使おうって話になっているんですが、これはご存じですか？」

『いや、聞いてない。仮歌を吹き込んだ歌手って私のことか？』

「はい」

スポンサーに話が伝わっていないということは、広告代理店と制作会社の検討で止まっている状態ということになる。

彩霧は事務所のガラス扉を覗き込み、カレンダーを確認する。来週あたりから撮影に入る頃合いだ。

智治へ、「ＰＰＭは行われましたか」と尋ねてみたところ、明日の午前中にあるという。

……まずい。焦りが募る彩霧の手のひらに、じっとりと汗が滲んできた。

ＰＰＭとは、映像撮影前に制作内容やスケジュール、予算、納期などを最終確認する会議である。おそらくそこで、楽曲を歌うシンガーの変更を説明するつもりだろう。

だが当のシンガーの名前が〝東雲智治〟だった場合、その場にいる者たちはどのような反応を示すだろうか。考えたくない。

彩霧は必死に、シンガーの変更を認めないで欲しいと訴えたのだが、彼にこちらの気持ちがいまいち伝わらない。

『私は別に、歌っても構わないが』

「でも！　智治さんはプロの歌手になるわけにはいかないでしょう？」

確信はなかったものの断言してみれば、『ああ、それもそうだった』と彼は笑っている。どうやら予感は当たったらしい。

『でも名前を変えればいいんじゃないのか。歌手とか芸能人って、本名で活動していない人も多いような……』

「楽曲のレコーディングには広告主が立ち会うんです。アーティスト名だけ変えてもすぐにバレます」

『あー、まあ、バレてもいいが』

よくないです。と、さらに言い募ろうとしたとき、『ちょっと待ってくれ』と智治が誰かと話す声がかすかに聞こえてくる。

しまった、興奮してすっかり忘れていたが、彼は忙しい身の上だ。長々と雑談を続ける時間などないだろう。

『悪い、今から会議だ。――彩霧、急いでるなら仕事が終わったらこちらに来なさい。食事をしながら話そう』

智治は現在、ホテルの会議室にいるらしく、夕方から大規模なビジネスパーティーに参加する予定らしい。

「でもパーティーだったら、何か召し上がるんじゃないですか」

『いや、情報交換が主な目的だから、ずっと喋りっぱなしで疲れるだけだ』

君が迎えに来てくれれば早く切り上げられる、と甘い声で囁かれて、彩霧の耳が発熱したかのように赤くなった。何か言い返したいところだが、彼の次の予定が迫っているようなのですぐに了承して通話を切った。

すぐに澤上からメッセージが届く。

『東雲より、加納さんをホテルへお連れするようにとのこと。お仕事が終わられたらご連絡をください。パーティ会場へお送りします』

伝達が早い。彩霧は肩を竦めた。

智治は依然として、澤上を護衛につけたままだ。その元凶ともいえる原田は現行犯逮捕されたものの、すべての罪を認めて逃亡の恐れもないため、勾留《こうりゅう》されずに在宅事件となっている。しばらくすれば彼女との示談が成立するようなので、そのうち原田は不起訴処分になるとのことだった。

智治からは、示談がまとまるまで自宅へ帰らないようにと言われている。再び原田が馬鹿なことをするとは思えないが、どうも心配性な彼は安心できないらしい。

ここで彩霧はやるせない溜め息を吐く。ときどき智治の厚意が心に痛いと感じるときがあるのだ。

彼は親身で優しい。赤の他人への親切にしては心がこもっていて、どうしてそこまでしてくれるのかと理由を探してしまう。

ボイストレーニングやギターレッスンの礼なのだろうか。それとも肌を合わせることの対価なのだろうか。もしかしたら本当に愛情をもとにした好意があるのだろうか。……信じてしまいそうになる。

まだ知り合ってからの時間が短すぎるため〝遊び〟という言葉が何度も脳裏に浮かぶ。それと同時に、日本人形のような美しい女性の顔も。

ふー、と肺の奥から大きく息を吐いた彩霧は、スマートフォンを握り締めて事務所へ戻った。釘貫へは、仮歌歌手と直接話せず、留守電に伝言を入れておいたとなんとか誤魔化しておいた。

仕事を片づけた彩霧が澤上へ連絡を入れると、彼女は私服ではなく、初めて会ったときと同様の黒いパンツスーツを着用して迎えに来た。

向かった先は霞が関周辺にある、超高級ホテルだ。

歴史あるホテルは雰囲気からして格が違う。彩霧は萎縮しながら澤上に案内されて二階の大広間へ向かう。が、エレベーターを降りた瞬間に帰りたくなってきた。

すれ違う女性たちは皆、ドレスを着て華やかな装いをしている。それに対して自分はブラウスにフレアスカートというカジュアルな服装だ。

会場では明らかに浮いている。澤上がスーツを着用した理由がよく分かった。

彩霧の歩みが遅くなり、とうとう足が止まってしまう。彼女の斜め後方を歩いていた澤上が、「どうかしましたか？」と怪訝《けげん》そうに声をかけてくる。

「……すみません、澤上さんが先導してくれませんか」

「え、どうしてです？　会場はこの通路の奥にありますよ」

場所を間違えるはずはないと言いたいようだ。しかし彩霧が弱々しく首を左右に振って進もうとはしないので、澤上はときどき背後を振り返りながらゆっくりと前を歩いた。

……早くここから離れたい。彩霧が俯き加減で歩いていると、無駄に長い通路の向こうに宴会場の入り口が見えた。大きく開け放たれた扉から、にぎやかな会場の様子がよく見える。そのざわつきの中に見慣れた長身を見つけた彩霧は、ホッと安堵の息を吐いた。

直後に顔を強張らせて足を止める。

智治は美しく装った女性の手を取り、何やら熱心に話しかけていた。その瞳はとても熱っぽくて、今まで見たことがない表情だった。

……いや、一度だけある。楽器店へ行ったときに再会した香穂へ向けたものと同じだ。

そして今も、ドレスを着た香穂をとても嬉しそうに見つめている。

何かを考える前に踵を返した。まずい場面に居合わせてしまった。智治も自分といるところを彼女に見られたくはないだろう。化粧室にでも寄って、しばらくしてから会場へ行った方が賢明だ。

そう思っていたはずなのに、走るようにしてもとの通路を戻ると閉まりかけていたエレベーターに飛び乗っていた。

——私、何やってんだろう……

我に返ったのはホテルを出て夜道を歩いているときだった。せっかく智治が誘ってくれたのに、それを嬉しいと思ったのに、仮歌歌手の件を相談しなくてはいけないのに、逃げ出してしまうなんて。

周囲の人間へ〝私を心配してください〟と反応を求める痛い女と同じだ。いい年の大人がなんて情けない……

自己嫌悪に陥り夜道を力なく歩いていると、ハザードランプを点けた車が彩霧のすぐ横で停まった。

ぎくりと足が止まったのは、それが黒いセダンだったから。澤上かとその車を凝視していると、降りたのはスマートフォンを持った中肉中背の男性だった。

「すみません、ここ、行きたい。場所、知る？」

東洋系の顔立ちではあるが、たどたどしい日本語とイントネーションの違いから、中国人かと思った。外国人男性から声をかけられて警戒する。

だがその男性は彩霧の態度には頓着《とんじゃく》せず、素早く近づくとスマートフォンの画面を彼女の顔面へ近づけた。

——悲鳴を上げなかったのは、そこに映るものを理解できなかったからかもしれない。

見慣れた自分の顔が画面の中でこちらを見つめていた。小さなスマートフォンの中に収まる彩霧は、難しい顔をしながら手元のキーボードを叩いている。

『ああもう！　このフレーズって前に使ったよね！　マンネリじゃん！』

混乱しすぎてスマートフォンから流れてくる己の声が、自分で喋ったものだと感じられなかった。なぜ自分が正面から堂々と撮影されているのかが分からない。

しかし画面の中にいる自身の背後の壁には、愛用しているギターが立てかけてあった。八年も住んでいる部屋だから、見た瞬間にそこが自宅であることは理解していた。

ただ、認めたくないだけで。

「これ、あなた。いっぱい、映る。着替えてる、ある。——来て」

男の声で、護衛の紺藤から言われた言葉を思い出す。

パソコンにリモートパソコンツールなどのアプリケーションを仕込まれていると、外部から彩霧のハードディスクへアクセスできると。もしカメラが内蔵されていた場合には、部屋の中を自由に覗くこともできると。——実際にウイルスが検出されていた。

男に腕をつかまれて車へ押し込まれても抵抗できなかった。後から乗り込んだその男と合わせて、車内には四人もの男性がいる。

後部座席で見知らぬ男たちに挟まれた彩霧は、体の震えを止めることができなかった。

車に乗せられた直後、彩霧のスマートフォンに着信メロディが流れる。

ぎくりと体を強張らせる彼女をよそに、中国人らしき男が手のひらをこちらへ向けた。

「スマホ、出す。早く」

震える手でスマートフォンをバッグから取り出した。液晶画面には智治の名前。

男は彼女の手からスマートフォンを奪うと窓ガラスを開けて外へ放り投げた。

「あ！」

彩霧の悲鳴と、ガチャン、とガラスが割れるような音が重なった。しかも男はそれだけではなく、靴を脱げ、とたどたどしい日本語で命じてくる。

何をする気なのか。彩霧が怯えて動けないでいると、反対側に座る男が初めて口を開いた。

「靴を脱ぐだけです。それ以上は何もしませんよ」

中国人風の男とはまったく雰囲気が異なる存在だった。

まず外見が違う。白人で、髪は薄めの茶色。整った容姿は彼を若く見せるが、よく観察してみると皺の多さから五十代ぐらいかと思う。欧米人というよりもアジアとの混血を感じさせる風貌だった。

そして彼が操る日本語は完璧だ。声だけを聴くなら日本人と思い込んでしまうだろう。

「我々はあなたに直接の危害を加えるつもりはありません。ただ、すぐに逃げられると厄介なので靴は脱いでください」

何をされるのか分からない恐怖に怯えながら、彩霧は大人しくヒールを脱いで中国人風の男へ渡した。するとと彼は靴も窓の外へ放り投げてしまう。

しかも身に着けているすべてのアクセサリーを外してバッグへ入れろと命じる。もちろんバッグごと車外へ捨てた。

着の身着のままとなった彩霧は己の体を抱き締めて顔を伏せる。しばらくは誰も話しかけてこなかった。

車は首都高速都心環状線から中央自動車道へと進む。周囲の景色から都会の明るさが消えたところで、白人の男が口火を切った。

「改めてはじめまして、加納彩霧さん」

ずっとお会いしたかった。白々しい台詞を喋る男は、質問に答えてくれるならすぐに解放すると告げてきた。

人間を軽々しく拉致する連中が何を言うのか。彩霧が不信の眼差しで男を見つめるが、相手は肩を竦めるだけだった。

「信じていただけないようですが、とりあえず訊きたいことがあります。まず、イード・マフザム鉱区《こうく》について知っていることを話して欲しい」

まったく聞いたことがない単語が出てきて、彩霧はきょとんとした表情になる。

男はそんな彼女の目から視線を逸らさず、鉱区の購入《ファームイン》予定価格や、ロイヤリティの割合、入札時期、鉱区所有者の名前などを次々と尋ねてきた。

やはり彩霧は言っていることの意味がさっぱり分からない。が、なんとなく智治の仕事にかかわる話だと悟った。

そして男の情報の引き出し方は独特だった。

彩霧は智治の家で暮らしている間、何かと彼の近くで過ごすことが多い。ボイストレーニングやギターレッスンをするためだが、一夜を共にしてからは彼の膝の上にいることも少なくなかった。

そのようなときの智治は仕事の電話がかかってきても、彩霧をそのままの状態にして会話をする。彼女はなるべく聞かないようにしているものの、間近での会話は嫌でも耳に入る。興味がないので、たいして覚えていないが。

しかし人間の脳は意外とよくできており、思い出せない些細なことでも記憶の中に留まっていたりする。それを他人から問われると、本人が意識できない程度の反応を示す。瞳が揺れる、焦点がぼやけるなどの一瞬の揺らぎとして。

その微かな反応を男は見逃さなかった。

「──あなたはどこかで、ペトログラス、エメックス、ＯＭＣＧのいずれかの名を必ず聞いているはずだ」

「…………」

「エメックスか。……あそこはノーマークだったな」

彩霧にはその単語が、海外の大手資源開発会社の名前であることなど分からない。智治がいつその名前を口にしていたかも覚えていない。それでも男は彩霧の中から的確に情報を引き出していく。

いつの間にか高速道路を下りた車は、明かりの少ない町を通り抜けて山の中へ入っていた。

赤信号で止まる際にフロントガラスからちらりと見えた道路標識には、奥多摩と記されている。

その単語を見た瞬間、彩霧の喉から短い悲鳴が迸《ほとばし》った。白人男性が怪訝そうな声を出す。

「どうかしましたか?」

「この先は行きたくない……帰して……」

怯える彼女の様子を見て、「ああ」と男は酷薄な笑みを口元に浮かべる。

「そんなに嫌がらなくても。結婚まで考えた相手の死に場所じゃないですか」

なぜこの男がそれを知っているのか。怖れと疑問の色を瞳に浮かべると、彼はクスクスと小さな笑い声を立てた。

「原田幸子《さちこ》さんはよほどあなたを憎んでいたらしい。なんでも話してくれましたよ、あなたについて」

元恋人の母親の名前が出て、彩霧は目を見開いた。前を向いたまま話す男の横顔を凝視する。

「……なんで、原田さんのことを知っているの」

「彼女とは短期間ですがお付き合いをしていたんです。もう別れましたが、いろいろ協力していただきました」

一人ぼっちで寂しそうだったので慰め甲斐がありました。と、笑いながら喋る男の無神経に全身の肌が粟立つようだった。彼の口調から、原田と心を通わせて交際をしたのではないと、いやでも悟った。

「あなたは……原田さんを利用したの……？　だから彼女は私の家に、盗聴器を……」

「いいえ、彼女には我々の罪を引き受けてもらっただけです。——日本人女性はとても健気だから、熱心に口説けば簡単に心を明け渡してくれるうえ、義理堅くてこちらを裏切らないですからね」

そうだ、調査員も盗聴器はプロの犯罪者による犯行だと言っていた……

「私は彼女の一途さを愛していましたよ。もう二度とお会いすることがないのは残念です」

まったく残念そうに聞こえない口調でぺらぺらと話す男は、不意に視線を彩霧へ移した。

男と目が合った彼女は硬直する。

「しかし期待外れですね。あなたはもっと多くを知っているかと思ったのに、あまり役に立たなかった。東雲氏って、ベッドの中ではそれほど喋らないんですか？」

智治が寝物語で仕事の話をしないのかと問われ、ハニートラップを期待するような口ぶりに、彩霧は羞恥以上の怒りで頬を赤く染めた。

その表情を見た男は苦笑しつつ両手をホールドアップする。

「そう怒らないでください。我々は東雲氏が持っている情報を得ることが仕事なんですから。それに彼だってあなたの身辺調査をして、私のような人間ではないかと疑っていたんですよ」

「え……」

智治が自分のことを調べていた？　疑問が表情に出たのか、男が皮肉そうに笑う。

「ああ、やはりご存じなかった？　あなたが東雲氏の車の前に飛び出した夜から、あなたは徹底的に身元を洗われていたんですよ。だから私があなたを調べようとすると、行く先々には必ずＲＰＳの番犬どもがいた」

私としては奴らの後を追えば済むから楽だったけど、と男は思い出し笑いをしている。

だが彩霧はすでに男を見ておらず、言葉も聞いていなかった。

ＲＰＳとは智治が取締役を務める、澤上たち護衛が所属する警備会社だ。盗聴器の調査も彼らが担当してくれた。

ちょっと待って。彩霧は混乱する頭を手のひらで押さえる。

この男の言葉を信じるなら、初めて智治と出会った夜、彼らは自分をまったく信用していなかったことになる。……それは分からないでもない。資産家のイケメンに近づく女なんて多いだろうことは察せられる。調査会社を持っているなら身元調査をしてもおかしくはないだろう。

でも辰彦は自分に会いたいと、その後も東雲邸へ招いてきた。あれはどういう意味になるんだろう。自分を信じていないのなら、彼に取り憑く霊の話も信じないはず。……いや、それよりも。

――私や社長は異能力を持つ人間がこの世に存在することを知っているから、加納さんのような人がいても不思議じゃないと思っている。

智治の言葉が心に痛い。やっぱりあれは嘘だったのかと、彩霧の心の中に不信という名の黒い雫が落ちていく。ぽたり、ぽたり、と数滴の雫が少しずつ水たまりを広げていく。

俯いてスカートの生地を握り締めているうちに、やがて車が減速して山道の途中で停車した。

白人男性が扉を開けて外に出ると、晩夏の涼しい風が彩霧の体を冷やす。だいぶ標高が高いらしく、羽織り物がないと寒いぐらいだ。

男が彩霧へ手を差し出し、「そろそろあなたを解放しますよ」と告げる。

本当に無事に降ろしてくれるのかと疑問に思ったが、車内に留まるのも恐ろしいので、彼の手を無視して山道に降り立った。

都心では晴天続きだが、このあたりは雨が降ったのか地面が濡れて空気も湿っている。ストッキングのみの足が水たまりを踏んで、その冷たさにビクリと竦み上がった。

いったいここはどこなんだろう。明かりのない山道はヘッドライトの光しか頼るものがなく、標識もないので現在地が分からない。

「――じゃあ、さようなら。無事に帰れるといいですね」

「え」

さっさと車に乗り込んだ男は、窓ガラスを下ろして笑顔で告げる。

「言ったでしょう、あなたに直接の危害を加えるつもりはないと。でも送り届けたら我々は捕まってしまうので、ここで失礼しますね」

「ちょ……っ、待って！　どうやって帰れっていうの！」

「歩いて帰ればいいのでは」

「馬鹿なこと言わないで！」

「そうそう、大した情報は持っていなかったけど、まぁまぁ役に立ってくれたから、あなたに一つ教えてあげましょう。――ガードレールがやけに新しい箇所がありますよね。そこはあなたの昔の男が車ごと落ちた現場です」

「え……」

「谷底へ助けを求めたらどうでしょうか。あなたは霊感が強いんですよね。死んだ彼氏が助けに来てくれると思いますよ」

それじゃあ、と笑顔で別れを告げて男たちを乗せた車は走り去った。ヘッドライトの光が消えて暗闇に包まれた彩霧は、茫然と白いガードレールを見つめてしまう。

たしかに周囲の薄汚れたガードレールとは違って、とても色が綺麗な箇所がある。夜に浮かび上がる白色は、あの人の死に顔に被せられた白い面布《めんぷ》を思い起こさせた。

そのとき風が吹いた。肌を切る冷たい風が彩霧の頬を叩き、誰かに殴られたかのような痛みをもたらす。まるで視線の先にあるガードレールの奥から吹いてくるようで、風を身に受けた彼女は悲鳴を上げて全速力で逃げ出した。

幾つかの分かれ道を過ぎた頃、だんだんと道が細くなり舗装されていない山道を駆けていた。すぐそばに見たことがない川も現れ、来た道とは違うと察する。

それでも後ろを振り返ることができず走り続けたとき、踏みつけた石で足の裏が切れて派手に出血した。痛みをこらえながらヨロヨロと進めば、唐突に道が途切れて大きな滝の上で行き止まりとなる。

戻らなくてはいけない。そう思ったのに傷の痛みと疲労で、その場に倒れ込むようにして座り込んだ。うなだれて深呼吸をくり返せば、心臓が爆発しそうなほど激しい鼓動を刻んでいる。

そのとき冷たい風が汗ばんだ髪を撥ね上げて、大きなくしゃみが出た。今はまだ走った熱が放出されて寒くないけれど、汗が冷えれば体温がどんどん失われるだろう。

でも山を下りる体力も気力も底をついた。足の裏の出血も止まらないので歩けない。

はあ。大きく息を吐いた彩霧は夜空を見上げる。呼吸が整って気持ちが落ち着くと、様々なことを考えることができた。

脳裏に、言葉遣いは丁寧だが胡散くさい笑みを顔に貼りつけて、常にこちらを見下していた白人を思い出す。

スマートフォンや金銭を奪って山奥へ置き去りにし、靴も奪って山を下りられないようにする。運が良ければ誰かに拾われて助かるが、運が悪ければ遭難。……実際にそうなってしまった。

本当に直接手を下さないだけで、結局は危害を加えるつもりだったのだ、あの男は。

だけど恐怖よりも胸の奥がじくじくと痛い。心に黒い雫がぽたぽたと垂れ落ちる。

——智治さん、あなたはなんのために私をそばに置いたんですか……。

彼が香穂に恋をしているから、自分とのことは仮初《かりそ》めの関係だと思っていた。それか身代わりだと。……身代わりでも構わないから、ずっとそばにいたいと思っていた。

だけど彼と共にいるということは、このような危険と常に隣り合わせになることを意味する。なぜ彼が護衛に囲まれているか、身をもって理解した。でも自分は護られるだけの価値などない。

原田が不起訴になって、智治の家に居候をする理由がなくなれば自宅へ帰ることになる。そのとき、あの白人のような連中が来たらどうやって身を護ればいいのか。

智治に頼るべきなのか。でも彼のそばにいれば恋人と勘違いする連中に狙われる。ならば彼から離れないと……もう堂々巡りだ。いったい私はどうすればいいんだろう。

――もしかしたらこれは罰なのかもしれない。

結婚を考えた恋人が亡くなって、まだ一年程度しか経っていないのに、もう他の男に恋をした。しかも出会ってわずか数週間で。いくらなんでも心の切り替えが早すぎる。

あの人が死んだとき、もう二度と男の人を好きにならないだろうと思ったのに……

「〝彩霧〟」

懐かしい声がしたと感じた。のろのろと顔を上げれば、かつての恋人が自分へ手を差し伸べている。彼は滝の向こう側――底が見えない暗闇の中で微笑んでいた。

そういえば今の自分は、お守りとなる石を何ひとつ身に着けていないと思い出す。己の足元や背後からも寒気を感じた。

淀んだ空気が少しずつ彼女を包む。

「……巽」

「〝彩霧、おいで〟」

心が弱くなると霊を引き寄せてしまうことは、いやになるぐらい分かっていた。彼らは決して友好的な存在ではなく、生者に嫉妬して死地へ引きずり込もうと隙を狙っている。

それを分かっていながら、もういいんじゃないかと思ってしまった。

——私を本当に好きでいてくれる人がそばにいるなら、智治さんじゃなくてもいい……。

胸の奥から、パキンッと何かが壊れる音が聞こえた。黒い雫が墨汁のように広がって心を黒く染める。その途端、彩霧の中へ濁った気配が我先にと入り込む。

足の裏から血が流れて動けないはずの彼女は、痛みを感じることなくふらふらと立ち上がった。よろめきながら懐かしい人のもとへ近づいていく。

彩霧のはるか頭上で星がきらめいた。彼女の手が亡霊へと伸ばされる。冬の寒さよりも冷たい指先が彼女を捕らえる。

瞼を閉じた彩霧は岩を跨ぎ、彼のもとへ足を踏み出した。

その瞬間——

すさまじい衝撃に襲われた。

突如として星がきらめく夜空から風の塊が落下し、彩霧と彼女を捕らえる亡霊を吹き飛ばす勢いで駆け抜ける。しかし風圧に飛ばされたのは悪霊だけで、彩霧の髪やスカートは微動だにしない。

それは風ではなく大気の波紋だった。天から地へと迸る圧力《プレッシャー》が邪悪な存在のみを弾き飛ばす。

彩霧は己の中で渦巻いている悪意が、一瞬にして抜け出したのを感じた。自分は霊に取り憑かれていたのかと理解した瞬間、目の前が滝であると、そこへ足を踏み出そうとしていることを自覚して悲鳴を上げながら後退する。踵が岩に当たって背後に尻もちをついた。痛みで呻いていると、不意に周囲が明るくなった気がした。辺りは光の粒が散乱してほのかに発光している。いや、正確にはそう見えた。

心の中で、これは現世《うつしよ》に現れない光だと悟る。普通の人間では目視できない不可思議なモノだと。

でもこんな輝きなど見たことがない。自分を追いかける悪霊は常に暗い闇を纏っており、光を放つ霊などただの一度も見たことがないのに。

——ミツケタ。

聞いたことがある声と共に、天から白い影がゆっくりと落ちてきた。それはやがて輪郭を浮かび上がらせると、逆さまになった細身の女性の姿が現れた。切れ長の目、小さめの唇、長い髪。ときどき己を悩ませる、日本人形のような美しい顔。

天を、地として踏みしめて、彼女はそこに立っていた。

一瞬、辰彦に取り憑いている霊かと思ったが、白い影からは濃厚な生者の気配がする。

彼女は彩霧へ優しく微笑むと、『待っていて。すぐに迎えに行くから』と告げて、すぐに光の粒となって霧散《むさん》した。

気づけば周囲の光もすべて消えていた。風が吹きすさぶ音と、ざわざわとした葉擦れが彩霧の鼓膜を揺さぶる。

彩霧は緩慢な動作で立ち上がろうとした。しかし足の裏の痛みでその場に崩れ落ちる。

……あれは幻覚でも幻聴でもなかった。間違いなく香穂はここに来たのだと肌で感じた。でも、あんな現象など見たことも聞いたこともない。

疲労と空腹と混乱に苛まれる彩霧は、やがて意識が混濁して土の上に倒れてしまう。瞼を閉じたとき、すぐに迎えに行くと告げた彼女の声が、智治の声に入れ替わって頭の中でいつまでも繰り返されていた。

……遠くの方で人が言い争う声がする。でも自分を責める調子ではなく、しかも懐かしい声だったので、彩霧はそれに引っ張られるようにして意識を浮上させた。

仰向けで眠っていた彼女は首だけ右側へ傾けているため、真っ先に視界へ入ったのは己の右手だった。手首には天眼石とマラカイトのブレスレットが嵌められている。

それを認めただけでとても心が安らいだ。もう戻ってこないと諦めていたから。智治が買ってくれた品なので、窓から投げ捨てられたときにはとてもつらかった。

——窓から投げ捨てられた……？

疑問が脳に生じた瞬間、自分の身に降りかかった厄災《やくさい》を一気に思い出して息を呑む。慌てて周囲を見回すと、白と木目の壁に囲まれた広々とした部屋で、ベッドに寝かされていると分かった。左腕には点滴が刺されている。

病院、との単語が脳裏に浮かんだ。ゆっくりと上半身を起こし部屋を見渡す。応接室で使用するような革張りのソファとローテーブルに、大型テレビと冷蔵庫に観葉植物があった。点滴をされていなければ、どこかのホテルにいると思ってしまいそうだ。

大きな窓にはレースカーテンが引かれ、赤く染まった空が透けて見える。ということは、今は夕方なのだろう。

彩霧は思わず己の額を手で覆った。たしか自分が拉致されたのは夜だったので、半日以上は眠っていたことになる。いや、もしかしたらそれ以上かもしれない。今日はあの日の翌日か、それとも数日後なのか。

そのときドアの向こうから、「あなたに『お義母さん』だなんて呼ばれたくないわ！」と、女性の甲高い声が響いてきた。

自分も原田から言われたことがある台詞なのでギョッとする。だがこの声は彼女ではないし、とても聞き慣れた声——母親のものだった。

病院であんな大声を出しちゃ駄目じゃない。不安になった彩霧は、申し訳ないと思いながら枕元にあったナースコールボタンを押してみた。しばらくすると扉が開いて看護師らしき若い女性が現れる。その背後にいたのは——

「彩霧！」

やはり宇都宮市にいるはずの母親だった。年末年始以来、まったく連絡をしていない親がいきなり現れて目が点になる。

「お母さん、なんで」

「大丈夫なの!?　足は痛くない？　ああもう、無事で良かったわ……！」

本気で心配をしている表情の母親が彩霧の左手を握る。その温かさと労りと、親に心配をかけてしまった申し訳なさで、頭がぐちゃぐちゃになり涙が零れ落ちた。

親の前で泣くだなんて、いったい何年ぶりだろうか。でも決して自分を傷つけない無償の愛情が嬉しい。幼い子供のように頭を撫でられてグスグスと泣き続けた。

そこへ遠慮がちな声がかけられる。

「……彩霧、体は大丈夫か」

智治の声にハッとして顔を上げると、涙でぼやけた視界にスーツ姿の彼が映った。しかし端整な顔の左頬に湿布らしき白い布が貼ってあるから、またまた驚いてしまう。唇の端も切れて、どう見ても殴られたとしか思えない。あまりに驚きすぎて涙も引っ込んだ。

「智治さん、どうしたんですか、その顔」

「いや、私はいい。君はどうなんだ。足の傷は――」

一歩、智治がベッドへ近づいた途端、母親が彼の前に立ち塞がった。

「東雲さん、今までありがとうございました。娘の意識も戻りましたので、今後は私が面倒を見ます。どうぞお引き取りください」

「いや、しかし」

「家族がいるので十分ですよ。赤の他人は必要ありませんっ」

赤の他人と強調された智治がグッと詰まる。そこへ看護師から、「診察がありますので、ご家族以外は退出をお願いします」と追い打ちをかけられて、ものすごく気が進まない様子で踵を返した。

扉が閉まる直前、振り向いた彼は何かを訴えるかのような眼差しで彩霧を見遣る。

その後、医師の診察を受けた彩霧はベッドに横たわった。母親と二人きりになってから疑問を口にする。

「お母さん、なんで東京にいるの？　というか今日って何曜日？　平日だったら生徒さんたちが来るんじゃない？」

母親は自宅でピアノ教室を開いているのだ。

レッスン日ではないのかと尋ねてみれば、今日は金曜日なので教室は開いているものの、臨時休講を生徒たちへ伝えておいた、とのこと。

「それよりもいったい何があったの。東雲さんはあんたを誘拐しようとした奴らがいるって言うのよ。その際に足の裏に怪我をしたうえ、軽度の低体温症になったって。でも警察に知らせないで欲しいって言うし」

「そう……」

足の怪我と低体温症になった経緯は分かるが、警察に関しては彩霧にも理解できない。まずは智治と話をしたいのだが、目の前にいる母親はなぜか彼に対して激しい怒りを抱いている。

「ねえ、なんでそんなに怒っているのよ」

「そんなの当たり前でしょ。いくら彼氏だからって、親に隠れて娘を好きなように扱う男なんか、信用できるはずないわ」

あの人は彼氏じゃない。そう訂正したかったが、それを言えばさらにややこしくなりそうなので口をつぐんだ。その代わり他のことを訊いてみる。

「娘を好きなように扱うって、私は好きなように扱われた覚えはないけど」

すると母親は大きな溜め息を吐いた。腕組みをして椅子の背もたれに背中を預けると、今朝から起きたことを順に話し出す。

彩霧の実家へ連絡を入れたのは、事務所のマネージャーである釘貫だった。

彼は今日、彩霧が無断欠勤をしたため、事故にでも遭ったかと心配していたらしい。しかもスマートフォンに電話をしても一向に通じない。

するとしばらくして、彩霧の恋人だという男から連絡が入った。彼は名乗りもせず、体調不良のため彼女を休ませると一方的に告げて、通話を切った。

彩霧は元恋人を亡くして以降、男の気配など微塵も感じさせなかったため、釘貫はその〝自称恋人〟に不審を抱いた。それで彩霧の自宅へ様子を見に行ったものの、部屋に人がいる気配はない。しかも管理会社に事情を訊くと、先週、彼女の部屋で暴行事件があり、借家人《しゃくやにん》はしばらく帰っていないという。

もしかして何かの事件に巻き込まれたのではないかと心配になり、矢も楯もたまらず、身元保証人である両親に連絡を入れた——

そこまで聞いた彩霧は心の中で呻いてしまう。釘貫さん、なんてことをしてくれたの、と。

彼の気持ちはとてもありがたいが、できればそっとしておいて欲しかった。

「——娘が行方不明だなんて言われたら親は驚くわよ。大慌てで東京に来たけど、警察って行方不明者届を出しても探してくれるわけじゃないのね」

「え、そうなんだ」

警察に家出人の行方不明者届を出すと、その情報を組織全体で共有するだけで、積極的に捜索されるわけではない。警察の巡回などで、家出人がたまたま見つかったときに家族へ知らされるだけなのだ。

そのため母親は焦燥感に苛まれながら娘の帰りを何時間も待ち続けた。待つしかできることはなかった。

そこへ、どこからか彩霧の親が上京していると知った智治が、母親を迎えに護衛を差し向けた。

彼女はようやく娘と会えると安堵したものの、連れてこられたのは病院で、さらに本人は意識を失ったまま。しかも智治へ説明を求めても詳しいことは話せないと拒否されて、積もり積もった不安や緊張や疲労が爆発したらしい。

——それであんな大声で怒ってたのか。そりゃ怒るよね。お母さん、激情型だし……

彩霧はようやく納得したものの、親が自分の顔をじっと見つめてくるからものすごく気まずい。母親は再び溜め息を吐いた。

「……でも意外だったわ。あんたに彼氏がいるなんて」

彼氏じゃないです。とはやはり言えないので黙っていたら、母親はペラペラと喋り始めた。

「原田君が亡くなったとき、もうあんたは結婚しないかもって心配したわ。だから本当なら喜ぶべきなんだけど……ずいぶん早く次を見つけたものね」

ぎくり。痛いところを突かれたので顔を伏せておく。

「お母さんもね、あんたが一生、独身なのは可哀相だと思っていたのよ。いつかはいい人を見つけて幸せになって欲しいって考えてた……でもちょっと早すぎない？　原田君が亡くなってまだ一年ぐらいしか経ってないわよね？」

ごもっともです。智治さんと出会ってからすべてを許すまでも、かなり早いです。

……とはもちろん言えないし言わない。

「お付き合いはせめて三回忌まで待てなかった？」

「すみません……」

「謝ることじゃないけど……あの東雲さんって人、どこかの大きな会社の重役らしいわね。見た目もいいし……。でもお母さんはあまり好きじゃないわ」

「えっと、理由を訊いてもいい？」

「さっきも言ったでしょ。彼氏だからってあんたを好きに扱う権利なんてないわ。なんで私の娘は誘拐されなくちゃならないのか、なんでそのことを警察に通報しないのか、全然説明しようとしない。娘を案じる親に対してこんな不誠実な男、許せると思う？」

うう、親の説教タイムが始まった。気持ちは分かるが再会したときの感動が薄れていく。

彩霧の首がさらに傾いで直角にまで曲がったとき、ぐぅ、とお腹が鳴った。そういえば昨日の昼から何も口にしていない。

「……お母さん、お腹空いた」

「あら、じゃあ何か買ってきましょうか」

「病院なら食事が出ると思うけど、どうなっているんだろ……」

「知らないわ、聞いてないもの。そういえばここって個室ね。無駄に豪華だし……あんたが元気なら大部屋に替えてもいい？　部屋代が高そうだわ」

たぶん、そのあたりは智治が決めたのだろう。でもそれが母親に露呈すると再び激昂しそうだ。なんとか穏便に話し合いをしたい。

「……ねえ、私がご飯を食べている間、お母さんもどこかで食べてきてくれない？　できれば長めに」

最後の言葉を聞いた母親は眉をひそめた。遠慮なく不愉快そうな顔つきになる。

「私を追い出すつもり？」

「お母さん、私ね、どうしても彼と話をしたいの。話をしなきゃいけないの」

あの山に捨てられた夜の記憶は心にこびりついたままだ。底が見えない滝壺へ足を踏み出そうとした恐怖も。

心の大事な部分が壊れた音はいまだに耳の奥に残り、黒い雫も垂れ落ちて止められない。

あれほどの恐怖と絶望を、今後も受け止められるかと訊かれたら、答えはノーだ。

自分はそこまで強くない……

「お願い、お母さん」

真正面から実母の瞳を見据えると、なぜか悲しそうな表情をされた。無理を言ってごめんなさいと詫びれば、そうじゃないと母親は首を左右に振る。

「どうしてあんたばかり、つらい思いをするのかなぁって考えたのよ。普通の男の人と一緒になって、普通の幸せをつかんで欲しいのにねぇ」

あんたは男運がないのね。母親は仕方がなさそうに苦笑を零した。

しばらくして「せっかく東京まで来たから楽譜を買いに行くわ」と告げて病室を出て行く。ちょうどそのタイミングで食事が運ばれてきた。

長い間、何も食べていなかったせいかお粥が出てきた。その他にお味噌汁とほうれん草のおひたし、鶏そぼろと野菜煮。デザートにみかんゼリー。

全体的に薄味であったが空腹だったので喜んで箸を動かす。点滴も終わって左腕が自由になったのも嬉しい。

そこへすごい勢いでスライドドアが開き、智治が飛び込んできた。

「彩霧《オニ》っ！」

母親の居ぬ間になんとやら、彼はベッドへ駆け寄ると驚いて目を見開く彩霧を抱き締めた。硬い胸板に鼻をぶつける破目になった彼女は涙目だが、智治の方は気づかずに頭頂部へキスを落とす。

「ちょ、待って、智治さん」

「良かった、無事で……本当に良かった……」

心から案じていたと分かる口調に胸の奥がズキリと痛む。こんなにも自分を大切にしてくれるのに、その気持ちを裏切ることがつらい。

彩霧は箸を置いて智治が落ち着くまで待っていたが、ふと視線を感じた気がして彼の背後を見ると、入り口近くに顔を青くした澤上が控えているではないか。

「智治さん！　いったん離れて！」

慌てて智治の肩をタップするものの、彼の方は腕の力をゆるめることはなく、「彩霧、良かった」と相変わらず呟いては髪に頬ずりまでしてくる。

羞恥と怒りで彼の体を押すが、もちろん力では敵わない。しかも頭部へキスをする彼の口が下りてきて、額から瞼へ、瞼から鼻筋へと、だんだん唇を目指しているから焦る。

「あわわっ、ちょっ、あの、そうだっ、これありがとうございます！　探してくれたんですよね！」

右手首から外したブレスレットで彼の頬をピタピタと叩けば、ようやく正気に戻った智治の腕から力が抜ける。

「ああ、君を捜索したときに見つけたんだ」

バッグに入っていたから壊れずに済んだのだろう。そう話す彼はいつもの落ち着きを取り戻したのか、そっと彩霧を解放する。が、離れ際に唇へ吸いつくことは忘れなかった。

「彩霧、食事中に悪いけど澤上が謝罪したいと言っている」

「え、なんでですか？」

私、何かされたっけ？　意味が分からずにきょとんと澤上を見やると、彼女は彩霧の前へ進み出て深く頭を下げた。

「加納さんをこのような状況へ追いやったのは、すべて私の不徳のいたすところです。警護対象者を一時的にでも見失うなど、決してあってはならないことでした。弁解の余地もございません。申し訳ありませんでした」

顔を上げた澤上は可哀相なほど顔色を失っている。その様子と台詞の内容で、自分が彼女のそばを離れたため澤上が責められていることをようやく理解した。

慌てて彩霧は顔を激しく左右に振った。

「あれは私が勝手に澤上さんから離れたのが悪いんです！　――智治さん、澤上さんを怒らないでください！」

「君がそう言うなら構わないけど、どうして澤上のそばを離れたんだ？」

……あなたが日本人形と嬉しそうに接しているのを見て嫉妬しました。なんて正直に言うことなどできない。そんな彼女面《ヅラ》をして、迷惑そうな顔をされたらショックで立ち直れないではないか。

なので話を変えることにした。

「逆に訊きたいんですけど、原田さんが捕まっても澤上さんが警護してくれたのって、私が狙われていると知っていたからですよね」

ずっと疑問に思っていたことを口に出してみると、智治は気まずそうに視線を逸らした。

自分の予想が当たっていたことに彩霧は唇を噛む。原田が捕まった後、警察署から智治の家へ戻ってきたときの彼と護衛の会話が思い出された。

『――犯人、別件だったって？』

『はい。一般人の女性でした』

『本当かよ。背後関係は？』

『現在調査中です』

あのときは精神的な疲労と混乱から意味を深く考えなかったが、今なら理解できる。

たぶん智治は、盗聴器を取り付けた人間が一般人ではないと、彩霧を拉致した連中だと予測していたはず。

だから原田が捕まったことで、別件――諜報員ではないのかと疑問を漏らした。

あの連中は智治が持つ情報を求めていた。でも彼は常に護衛に囲まれて手出しできない。

だから彼のそばにいる警護の甘い自分に接触した。

「……ごめんなさい」

様々な意味を込めて呟くと、椅子に腰を下ろした智治は「何が？」と伏せた顔を覗き込んでくる。

　澤上のそばから離れたことと、自分を拉致した連中に情報を引き抜かれたことを謝ると、智治は真剣な顔つきになった。

　拉致されていた間のことを話して欲しいと言われたので、パソコンから盗み撮りした動画で脅されたことや、白人の男が原田と交際して彼女を操ったこと、元恋人が死んだ事故現場で放り出されたことなどを答えた。

　聞き終えた智治が素早く背後の澤上に目配せをすると、頷いた彼女はすぐに病室を出ていく。彼は彩霧へ食事を勧めて、食べながら話を聞いて欲しいと告げた。

「今回のことは君に落ち度はない。どうか自分を責めないで欲しい。……原田さんが捕まったことで我々にも油断が生じたんだ。盗聴器の件は彼女の私怨によるものなのか、それとも君を攫《さら》った連中によるものなのか、なかなか判断できなくって君の警護が中途半端なものになった。すまない」

　智治の説明によると、原田は盗聴器やウイルスを自分で仕掛けたと主張しているそうだ。しかし機器の設置場所が玄人によるもので、パソコンのウイルスについても詳しく説明できないため、教唆《きょうさ》・幇助《ほうじょ》した共犯者がいるか、真犯人の罪を被っているのではと警察も疑っていた。

　しかし追及されても原田が頑《がん》として認めないため、彼女一人の犯行で決着がつく状況になりつつある。

「……原田さんに協力者がいるなら身内かと思って調べていたんだが、該当する人物は誰もいなかった。まさか恋人がいたとはな」

どうりで喋らないはずだ、と溜め息を吐く智治へ、彩霧は箸を置いてやるせなさそうに呟いた。

「情を利用して他人を操るのって、女性がやるものだと思っていました」

「そうでもないが、まあ諜報の対象になるのは男が多いから、ハニートラップなんて言葉があるんだろうな」

「……だから、私も調べたんですか」

智治の目をまっすぐに見つめると、彼は一瞬、動揺を表したがすぐに表情を改めた。

「連中に聞いたのか?」

「はい。あの人たちが私を調べようとすると、行く先々で智治さんの会社の人がいたと」

「それは……」

弁解の言葉が思いつかないのか、智治が再び目を逸らした。彩霧も正面を向いて彼を見ないようにし、食事トレーが置かれたベッドサイドテーブルを足元までゆっくりと下げる。

智治から、もっと食べた方がいいと言われたけれど、食欲がすっかり消えてしまった。

あんなにお腹が空いていたのに。

彩霧は両手の指を組み合わせ、視線を正面の壁に固定して口を開いた。

「私を調べたことは仕方がないと思っています。智治さんはいつも狙われているから、あんな出会い方をした私を疑ったっておかしくありません。私の言葉を信じてもらえないのも仕方がないですし……」

パキン、と胸の奥から小さな音がする。まだ壊れるところがあったのかと不思議に思いながら、片手で心臓のあたりを軽く押さえた。

「だけど私は嬉しかったんです。霊感を信じてくれる人はほとんどいないし、馬鹿にされることも多かったから……でも、やっぱり信じてもらえなかったんですね」

「待ってくれ彩霧」

身を乗り出した智治が彩霧の左手を握り締めた。頑《かたく》なまでに前を向いて目を合わせようとしない彼女の横顔を見つめる。

「たしかに出会ったときは君を疑っていた。でも社長が、君の霊感が本物なら今後も会いたいと言うから、怪しい人物じゃないか身元を調べる必要があったんだ。ライブに誘ったのも……目的があって私に近づく者なら、何かアクションを起こすだろうと思って。でも、ライブ当日には君が潔白だと調査報告が出た。だから君を狙う人物は私にかかわる者だと思い、保護するために自宅へ招いた。君を守りたかったんだ」

「そう……」

なんだ、無理をしてエアギターライブへ行く必要もなかったのかな。彩霧はぼんやりと過去を振り返った。

反応が薄い彼女へ、智治が横から必死になって話しかける。

「この事態になったのも、君を傷つけたのも、すべて私のせいだ。……どうか責任を取らせてほしい」

不意に彩霧の口元が弧を描き、ふふ、とこの場にそぐわない笑い声を漏らした。

どうしたんだと智治に問われ、顔を伏せて目を閉じる。

責任を取るだなんて、そんな期待させるような台詞を言わないで欲しい。一瞬、違う意味に取ってしまったではないか。そうであったらどれほど嬉しいかと、わずかでも考えてしまった。

あまりにも夢見がちすぎて自分が痛い。……本当に胸の奥が痛い。パキンパキンと何かが音を立てて崩れていく。もう流れ出るものはないと思っていたのに、黒い雫があふれてくる。

胸を押さえる彩霧の手が入院着の生地を握り締めた。

「彩霧、胸が痛むのか？　大丈夫か」

「……私はこれ以上、智治さんが住む世界にかかわりたくありません。近づく人を常に疑い、身辺を狙われて、護衛さんがいなければ外を歩くことさえできないなんて」

「彩霧……」

動揺を含む智治の声が耳に痛い。でも、本当にこれ以上は無理だ。

夜の山道に放り出された恐怖。血が止まらない傷。底が見えない滝の下。自分を死地へと導く恋人の亡霊。笑顔の下に嘲《あざけ》りを隠す男の見下した顔――

「……どうしてですか」

「え」

「どうして私が攫われたことを警察へ言わないんですか。犯人を捕らえる必要はないんですか。……私の気持ちはどうでもいいんですか」

話し終えるまで決して泣くまいと頑張って感情をコントロールしたつもりだったが、声が震えるのは止められなかった。

智治が腰を浮かせて身を乗り出してくる。

「彩霧、警察には今からでも通報する。ただ、頼みがある。どうかこれだけは了承してくれ」

行方不明になった彩霧を智治側が見つけられたのは、下着の内側にＧＰＳ発信機を隠し持っていたことにして欲しいと。口裏を合わせることを彼は求めてきた。

あの連中がアクセサリー類を含む持ち物をすべて捨てたのは、そんな理由もあったのかと彩霧は納得する。そして彼の言葉の裏にある意味も正確に理解した。

「……香穂さんが探しに来たことは、秘密なんですね」

智治の顔が一気に強張った。知ってたのかと問う声はひどく動揺している。

「はい……。私のもとへ来た彼女の姿は普通の人には視えないと思いますが、私には視えるから」

「そうか……」

智治から不安感が漂ってくると彩霧は思った。たぶん自分が彼の願いを拒否したらまずいことになるのだろう。別に本当のことを話しても、頭がおかしい女だと思われるだけなのに。

……そこが我慢の限界だった。涙がボロボロと滝のように流れ落ちる。警察に通報するより香穂を守ることを優先されて、そんなことは当たり前なのに、もうそれを受け入れることができなくなってしまった。

胸が痛い。黒い雫が心からあふれる。もう本当に無理、という諦めが怒りへとスライドする。

どうして私だけが蔑《ないがし》ろにされなくちゃいけないの。

どうして。

彩霧の涙を見てうろたえる智治の手を思いっきり振りほどいた。

「わ、私はっ、そこまで軽んじられる人間ですか！　早く通報しなきゃ犯人だって捕まらないのに！　私の動画だってネットに流れるかもしれないのに！　そんなことを言い聞かせるためだけに後回しにされなきゃいけないいんですか！」

叫ぶように大声を放ち、涙を流したまま智治を睨みつけた。

彩霧の強い眼差しを受け止めた彼は硬直している。

「あんた何様のつもりだ！　私が攫われたのは私の問題だろ！　他人のあんたが勝手に決めることじゃない！」

「……彩霧」

「出て行け！　もう私にかかわるな！　警察にも自分で知らせる！　あんたは必要ない！」

右手首からブレスレットを引き抜いて智治に投げつけた。それでも動こうとしないのでナースコールボタンを力の限り押し続ける。すぐに駆けつけた看護師へ声の限り叫んだ。

「この人を部屋に入れないでください！　家族以外は近寄らせないでっ！」

彩霧の名を呟くことしかできない智治は、看護師ではなく外に待機していた護衛の男たちに引きずり出された。

彼の姿が消えた途端、彩霧はベッドに突っ伏して大声で泣き叫んだ。

これが恋の終わりだなんて、やっぱり罰なのかもしれない。恋人を亡くしたのに早々と次の男に切り替えるなどあまりにも薄情だ。母親も言っていたではないか、早すぎると。

——その通りだ。みんな私が悪い。これは自業自得なんだ……

声が嗄れるまで泣き続けた。看護師が背中を撫でてくれたけど、頼むから一人にしてくれと勝手なことを告げて出て行ってもらった。

こんな広い病室なんて不必要だと思っていたけど、声を上げて泣くにはちょうどよかった。それだけが救いだった。……それしかここには必要とするものがなかった。

何も残らない部屋。まるで自分と智治の関係のようで、ここにいるとそれを嫌というほど自覚させられる。

泣き疲れて眠ってしまうまで、馬鹿みたいに声を張り上げていた。


その日の夜、戻ってきた母親によって警察へ被害届を出すと、事情聴取に訪れた警察官の他に広松弁護士もやって来た。彼は今回、彩霧と智治の間を受け持ち、警察との折衝《せっしょう》をするのが仕事らしい。

智治側の人間ではあるが、とても親身になって彩霧のためになるアドバイスをしてくれるので、当初、彼に対して警戒心を剝き出しにしていた母親がいつの間にか懐柔されていた。遅い時間まで二人で今後のことを話し合っている。……弁が立つから弁護士であるのだと、よく理解できた。

翌日の土曜日から彩霧の希望で大部屋へ移ることになった。しかしそこへ警察官が何度か事情聴取に来るので、部屋にいる患者たちから好奇心にまみれた視線を浴びて辟易《へきえき》する。

そのため早く退院したいと訴えたところ、低体温症による症状はほぼ改善されており、後遺症が残る可能性も低いため、月曜日に事務手続きさえ終われば退院できるとのこと。

その日の午前中、宇都宮市にいる父親と弟が見舞いに来た。母親と違って穏和な性質の父親を見るとホッとする。だがこの人は身長が高く、偶然にも智治と同じぐらいなので、見上げて喋っているると少しつらい。顔は全然違うのに……

そして弟の方は姉の顔を見た後、「せっかく東京に来たんだから遊びに行ってくる！」と薄情にもさっさと消えてしまった。

その弟は病院へ戻ってくると、意外なことに見舞いの品を渡してきた。

小さな袋を開けてみれば、中にあったのはピアスだった。漆黒のオニキスのビーズが花《フラワー》の形で三つも連なり、先端には美しいライムグリーンのペリドットが輝いている。

「わぁ、綺麗……」

思わず感嘆の声を漏らしてしまった。金の鎖で連なる天然石は、魔除けのオニキスが心の静謐《せいひつ》を、ペリドットの光が前向きな希望を与えてくれる。

特にペリドットはゴールドと一緒に身につけると、霊的なものに対して最高の護符になる。しかも八月生まれの彩霧にとって誕生石だ。

とても嬉しい贈り物に、彩霧の表情がふにゃりとゆるむ。

「ありがとう、すごく嬉しい」

するとと弟は生ぬるい表情になった。

「姉貴って、騙されやすいタイプなんだな」

「何よ、それ」

「べっつにぃー。ただ、俺は誕生石なんて知らねぇよ。興味ねぇし」

「え。でも……」

これ、私の誕生石だよ。そう言おうとしたら弟はさっさと病室から出ていってしまった。

ペリドットを選んだのは偶然かしら。彩霧は脳内で疑問符を浮かべながらも、さっそくピアスをつけてみる。

シャリシャリとアクセサリーが鳴る音を心地よく受け止めながら、久々に心が落ち着く感覚を楽しんだ。贈り主の想いをやけに強く感じるのが気になるものの、あの弟も家族愛が強いんだなと、ちょっと感動した。

さらに翌日の日曜日、釘貫が見舞いにやって来た。彩霧が心配をかけてしまった詫びを述べると、彼はこちらの事情にあまり突っ込んで尋ねてこなかったので助かる。

釘貫曰く、CM楽曲の歌い手に変更はなく、プロシンガーが歌うことで決着したそうだ。気がかりが一つ消えて胸を撫で下ろした。

でも彼は、彩霧が精神的に弱っていることを見抜き、そのうえ足の裏を怪我して通勤がままならないことを聞いて、休業を勧めてきた。

彩霧は事務所と専属契約を結ぶ預かり作家であるため、給料の保証はないものの休みは自由に取れる。その分、生活が苦しくなるので、今回は実家で静養をすることにした。その方が安全だと広松弁護士からも言われていたのだ。智治から離れた方が狙われる可能性も低くなる、と。

連中が撮った彩霧の動画も、必ず消去させるとの誓約書まで渡された。絶対にネットに流出させないと、すでに手を打ってあるらしい。

どうやるのか手段は分からないが、消極的希望で期待しておく。

智治へは広松弁護士を通して、オーディオ機器と楽器をすべて実家へ着払いで送って欲しいと告げた。了承と共に、猫は退院の日に合わせて連れて来るとの伝言が返ってきた。

――しまった、うりちゃんのことをすっかり忘れていた。怒ってそうだなぁ、あの子。ごめんね。

それと一緒に、事情聴取の件についてのお礼を聞いた。智治が望んだ、発信機を身に着けていた嘘を警察へ伝えた件だろう。

そして月曜日、退院の日。まだ彩霧は足の傷が完治していないので、車椅子を母親に押してもらい病院から出る。

すると駐車場では、猫のキャリーバッグを持った智治が待ち構えていた。すでに殴られた腫れは引いたのか、左頬には何も貼り付けていない。

二人の間へ出ようとする母親を押し止めて、彩霧は智治へ視線を向ける。もう二度と会うことはない人だけど、ずっとお世話になっていた恩義がある。お別れぐらい言いたい。

緊張を隠すことなく立ち竦む彼へ、彩霧はゆっくりと車椅子を動かして近づく。

「――短い間でしたが、今までいろいろとありがとうございました」

一度深く頭を下げてからもとの姿勢に戻ると、智治はやはり険しい顔つきで彩霧を見つめている。彼が何かを話すような雰囲気ではなかったので、彩霧の方から話しかけた。

「あの、ずっと訊きたかったんですけど、なんで私が狙われていると教えてくれなかったんですか？」

言ってくれれば澤上のそばを決して離れなかった。それは結果論かもしれないが、どうしてと思う気持ちは薄れない。

智治はしばらく迷うそぶりを見せた後、口を開いた。

「……私のせいで君に危険があると告げたら、私から離れていくだろう？　でももう、連中は君に目をつけていた。私の手が届かない場所に置くより、そばに引き入れた方が安全だと思って、何も話さないでおいたんだ」

「そうですか……、そうかもしれませんね」

違うような気もするけれど、何が最善だったかを今になって議論することは無駄だ。智治はできる限りのことをしてくれた。

そう自分を慰めるものの、やはり息苦しい気持ちは変わらなくて視線を落とす。すると彼は彩霧の足元に跪いて、キャリーバッグをそっと彼女の膝の上に置いた。車椅子に座って俯く彩霧の視界に彼の顔が入り込む。

久しぶりに智治の目を見たと思った。何かをこらえるような表情の彼は、じっと彼女の瞳を見つめた後、すまなかったと告げた。

「君が怒るのは正しい。私はどうも、好きな女性の反感を買うことばかりしている。……学習しない」

自嘲の笑みを浮かべる智治だったが、彩霧は彼の台詞にぽかんと呆けてしまった。この場面で〝好きな女性〟が自分を指すことぐらいさすがに分かる。

「けど、無関心より恨まれる方がまだマシだ」

それは彼の過去において、関心を示されなかったと言っているようだった。

智治は立ち上がって一歩下がると、彩霧を見つめながら口を開く。

「どうかずっと、私を恨んでいて欲しい」

彼の口調と表情から、どのような気持ちであれ、彩霧の心の片隅に残りたいとの願いを感じ取った。……たとえそれが悪感情だとしても。

踵を返し去っていく智治の背中を、彩霧はじっと見つめていた。

第六章　未来

広縁《ひろえん》に立つと専用庭園の向こう側に、日本海の絶景を望むことができた。波飛沫が暮れかけた太陽の光を受けてキラキラと輝き、名も知らぬ鳥が優雅に大空を羽ばたく。

自然の音が満ち溢れている場所だと彩霧は思った。人工的な音はこの隔絶された空間へは届かず、波と風のさざめきが人を包む。

ぼんやりと風景を眺め続ける彼女の背中へ、お茶が入りましたと女将が告げる。振り返った彩霧は緩慢な動作で座卓へ近づくと足を崩して座り込んだ。

「お客さまは足の裏を痛めているとお聞きしましたが、当館の温泉は切り傷にも効能がございますよ」

「そうらしいですね。ひと休みしたらさっそく入ってみます」

「はい、是非に。ごゆっくりおくつろぎください」

「あの、本当にギターを弾いても大丈夫なんですか？　他のお客さまに迷惑では……」

思案顔の彩霧へ、優しい笑みを浮かべる女将が首を左右に振る。

「全棟が離れになっておりますゆえ、隣の棟へ音が届くことはありません。波の音も大きいですし」

それを聞いてホッと息を吐いた彩霧は、安心してお茶と和菓子をいただいた。

その間に女将が静かに退出したので、一人になった彩霧は視線を窓の外へ向ける。

実家がある宇都宮市の住宅街とは、まったく違う大自然の景色だった。風光明媚との言葉が相応しく、たしかにここならば静養になると思われる。

彩霧は今日、秋田県の男鹿《おが》市へ一人でやって来た。退院後、実家で静かに暮らしていたのだが、母親が必要以上に世話を焼くので逆に気が滅入るのと、自宅のピアノ教室から聞こえてくるピアノの音が、意外な雑音となって彩霧を苦しめてきたのだ。

ピアノ教室の音は物心ついたころから聞いているので、実家を出るまではこんなふうに考えたことなどなかった。やはり精神的に参っていたようだ。

すると父親が、「温泉宿で静養しないか」と勧めてきた。

知り合いにリゾートホテルグループの経営者がいて、彩霧の状況を聞いたその社長がいたく同情し、格安でグループの宿泊施設に泊まれるよう手配してくれたらしい。

それがこの旅館である。

有名な男鹿温泉郷からは少し離れているが、ここも良質の温泉が湧出するという。

全棟がすべて離れの形式でプライベート空間が確保されており、食事も部屋で食べられるため、ラウンジがある管理棟へ向かわなければ他のお客と顔を合わせることはない。

しかも楽器を弾くことが可能なうえ、ホテルと同様のクリーニングサービスがあり、一泊三食付き。この条件で一日の料金は二千円とのこと。とても遠い場所にある欠点を上回る魅力に、渡りに船と頷いた。

母親は反対していたが、静かな環境で心のリハビリをしたいと訴えたことと、父親と弟が賛成してくれたので、渋々と了承してくれたのだった。猫も父親が面倒を見てくれるという。

なので今日、JR宇都宮駅より新幹線を乗り継いでここまでやって来た。まだ足の裏の傷は完全に癒えておらず、休み休みのろのろと歩いていたため、早い時刻に家を出たのに到着したのは夕方だった。

彩霧はおいしいお茶を飲み干して一息ついた後、行儀が悪いと思いながらも四つん這いで離れの中を探索する。

個別の玄関から入って廊下の奥に十五畳の和室。障子《しょうじ》で仕切られた隣の部屋はフローリングのベッドルーム。しかもベッドはクイーンサイズだ。

その他、広々としたパウダールームに、広縁から望む専用の日本庭園。その向こうには日本海の雄大な景色。天然温泉の露天風呂と内風呂。

——これで一泊三食付き二千円って、理由が分かんないんだけど。

父親は騙されているのではないかと疑うのだが、昨日、メールで受け取った宿からの宿泊確認の文面には、確かに特別料金一泊二千円と記されていた。しかも宿泊期間は無期限。

……まあ、こんな幸運など二度と訪れないだろうから、思いっきり羽を伸ばさせてもらおう。ようやく一人になれたのだ。

彩霧は脱衣所へ向かい座り込んだままオニキスとペリドットのピアスを外し、衣服も脱いで露天風呂へ向かった。

岩風呂からは空と海の狭間を望むことができた。部屋で一服している間に、初秋の太陽は天空の支配権を夜へ明け渡している。夕陽を〝燃えるような〟と形容するのがよく分かる、炎に染まる一面真っ赤な空だった。紅や朱や橙《だいだい》色が異次元のグラデーションを表している。

潮風が冷たいと彩霧は思った。磯の香りが含まれており、山の風とは違うとはっきり感じることができる。おかげで心がざわめくことはなかった。

温泉地へ行ってみないかと父親に言われたとき、そこが山の中だったなら迷わず断っていた。でもこうして海の近くだからとても嬉しかった。

波音が耳に心地いい。ここならば夜に悩まされることはないだろう。

体の芯まで温まり露天風呂から出ると、カラフルな可愛らしい女性用浴衣を着こむ。すぐに夕食となった。

男鹿半島の海の幸と、秋田県内の山の幸をふんだんに盛り込んだ郷土料理が、テーブルに所狭しと並べられる。季節はまだ夏の名残を残しているけれど、食卓には秋の色が芽吹いていた。海と大地の恵みがとても美しく彩られている。

とはいっても長期滞在客は贅沢な食事も飽きやすいため、希望があれば一般の家庭料理を提供するという。今後はその方向で食事を用意してもらうことにした。

食後、今度は内湯に入って体を温め、ベッドに寝転び、ぼんやりと新品のスマートフォンで音楽を聴いた。以前のスマートフォンは投げ捨てられた際に完全に壊れてしまったらしい。

しかしどうも音に集中できない。家でも同じ状態だったが、一人になれば改善するかと思ったものの、やはり変わらなかった。ヘッドフォンを耳から抜いて嘆息を漏らす。

ここのベッドが無駄に広すぎるのが原因かもしれない。まるで智治のベッドのようで、どうしても彼の部屋で過ごした時間を思い出してしまう。

寝返りを打って横臥すると、障子が開け放たれた続き間がよく見えた。隅に置いた黒いギターケースをじっと見つめる彩霧は、やがて体を起こすとそれに近づく。

ケースの中にあるのはヴィンテージギターだ。一九四五年、終戦の年に作られた逸品。

智治の家から戻ってきた、彩霧のオーディオ機器や楽器の中にこのギターがあった。添えられていた彼の手紙には、『君に使って欲しい』と記されていた。

まだ一度も弾いていなかったが、この宿へ来る際、何か楽器を持って行こうと考えたとき、自然とこれを選んでいた。

ただ、今までの自分ならどのような楽器でもすぐに弾いていた。なのに躊躇《ためら》っているのは、智治からの贈り物であるのが理由だろう。……だから余計に今まで触れなかった。母親がこれに対してあまりいい顔をしなかったのもある。

彩霧はハードケースを開けてそっとギターを取り出してみた。七十年以上もの経年を感じさせない素晴らしいコンディションだ。歴代の所有者から大切に扱われてきたのだろう。思い切って弦をはじいてみると、高音にキレがあり、音色にジューシーさを感じる。ただ古いだけではなくトーンのバランスがよい、素晴らしいヴィンテージサウンドだった。

自然と指が動いていた。が、失った恋を悔やむ曲を無意識のうちに奏でたのは、まだ心が引きずっているせいかもしれない。

切ない泣きのメロディが今の自分には苦すぎる。最後まで弾き終えずに指が止まってしまった。どうしても一人の男を思い出してしまう。

『私はどうも、好きな女性の反感を買うことばかりしている』

別れ際の会話が頭から離れない。――私を好きだと言ってくれた彼の言葉が。

好きならばなぜ香穂を優先するのか、どうして自分は後回しにされなくてはならないのか、そこまで教えて欲しかった。

しかし自分は智治が生きる世界へ飛び込めない。今でもあの白人の男を思い出しては心が凍てつく。山を吹き抜ける風の音が耳鳴りとなって己を悩ます。

なのに智治の言葉が恋心をいつまでも炙《あぶ》ってくるから悩ましい。まるで熾火《おきび》のようだ。もう消えかけているのに、延々とくすぶり続ける恋の火種。

彩霧はそっとヴィンテージギターをケースにしまった。楽器に罪はないからこれからも使い続けていきたいと思う。でもこれを弾くたびに否応なく愛した男を思い出すから迷う。

ベッドへ戻り、頭まで毛布をかぶって無理やり眠りについた。


朝早くに宿の外へ出ると、海は朝靄に包まれていることが多かった。

初めて訪れた日本海は、なんとなく見慣れた太平洋と印象が違う。雄々しさや荒々しさといった厳しい気配を感じさせた。だが包容力や器が大きいイメージもあって、己の甘さを叱りつけながらも許してくれる安心感があった。

朝日が昇った直後の海はまるで一枚の水墨画のよう。ひんやりとした大自然の中にいると、とてもゆるやかな時が流れていると肌で感じる。岩に腰を下ろして波の音を聴けば日常を忘れさせてくれた。ここがなぜ保養地となっているか、よく分かった。

温泉の効用が素晴らしいおかげか、はたまた引きこもりの怠惰な日々が功を奏したのか、一週間ほどで足の裏の傷はすっかり痛まなくなった。

彩霧はこの日、思い切って遠出することにした。朝食後、男鹿半島の最北端となる入道《にゅうどう》崎《ざき》までレンタサイクルを走らせる。

北緯四十度となるそこは緑の芝生に包まれる景勝地だった。地面へ直接腰を下ろすと、目の前に絶景が拡がっている。

紺碧の海と青い空と濃緑の大地が交じり合い、人間が生きていけるギリギリの境界線が胸に迫るよう。天空に浮かぶ雲が千切れてはまとまって流されていく。

潮風に髪とピアスを乱されながら、時間が許す限り大海原を眺めていた。

その週から彩霧は宿を離れて、夕食の時間まであちこちへ遠出することを始めた。海のそばを離れて、おそるおそる山を散策することもあった。

霊的干渉が強い地域だと彼女は思うが、ピアスのおかげか心が乱れることもなかった。遠出に疲れたときは、海のそばで無為の時間を過ごすことにした。

何も考えなくていい日々が気持ちを平らかにしてくれる。これからのことも今までのことも、少しずつゆっくりと消化して、彩霧の精神はゆるやかに立ち直っていった。

それから幾日かの後、ようやくギターをケースから取り出した。

ここに来たばかりの頃は最後まで演奏する気力が湧かなかったけれど、もう大丈夫だと思えるようになった。好きな曲を気が向くまま弾いていると心が晴れる。まだ曲を作りたいという気持ちにはならないが、このままではいけないとの焦りをようやく感じ始めた。

……焦りを感じることができたと、彩霧は己の心理の変化を悟る。

心に生じた軋みは、大自然の息吹と時間薬によってすでに洗い流されていた。

——東京へ帰ろうか。

家族が待つ実家は居心地がいいものの、あそこは自分が帰るべき場所ではない。大好きな音楽の世界で働きたいと、頑張って築き上げた居場所が東京にはある。声楽家への道が閉ざされたとき、それでも音楽で食べていきたいと必死になってしがみついた世界が。

自分は他の生き方なんて知らないし、やりたくもない。

進むことも退くこともできない恋はいまだに心へ影を落とすけれど、自分はまだ若いのだ。人生は何度でもやり直せる。

彩霧は広縁の縁《ふち》に座って足を組むと日本海へ目を向け、背筋を伸ばしてヴィンテージギターを爪弾いた。

しばらく指を使っていないので、練習用に何曲かを連続して演奏する。宿の雰囲気にハードロックは似つかわしくないので、アコースティック・バラードで。

ノスタルジックな旋律が心に響く。ヴィンテージギターの深いサウンドが曲の世界を申し分なく広げる。

鳴りもすごい。新品のギターや、オールドギターの復刻版では堪能できない硬質な響きとボリューム。高音弦の美しさなど言葉では言い表せない。だんだんと音が濡れてくる。これぞヴィンテージギターの真骨頂。なんて素晴らしい――

指の疲れを感じるまで、心の赴くままに延々とギターを奏で続ける。気づけば智治と出会った夏が終わり、ゆっくりと秋が深まっていった。


それから数日後、東京の釘貫からメッセージが届いた。曰く、本日の夜の番組内で東雲資源開発のＣＭがオンエアされるとのこと。それに加えて、楽曲の歌い手にはプロシンガーでなく、急きょ仮歌歌手が起用されたとのこと。

彩霧はスマートフォンの文面に釘付けとなったまま、一分以上は動くことができなかった。

すぐさま釘貫へ電話をかけると、彼は待ち構えていたのか、すぐに回線が繋がった。

『久しぶり、加納ちゃん。体の調子は戻った？』

釘貫へは保養地へ向かうとだけ伝えてある。彩霧はほとんど復調したことを告げると、さっそくＣＭ楽曲の歌い手について尋ねた。

すると彼は言いにくそうな口調で話し始める。

『それね、加納ちゃんに伝えた方がいいかなーとは思ったけど、レコーディングがあったのって君が静養に出かけた後だったから、なんか言いにくくって』

釘貫は、最終会議《PPM》で楽曲を歌うシンガーは決定したものの、そのシンガーがレコーディング近くになってインフルエンザに罹患《りかん》してしまったと教えてくれた。

『シンガー本人はレコーディングまでには治すって言うんだけど、スポンサーが難色を示してさぁ。それでレコーディングの予定日をずらすか、違う歌手を使うかって、すっごい揉めたらしいんだよ』

音楽録音は一般的に、撮影が終わってオフライン編集が完了したあたりで行う。音楽に合わせて撮影する場合は真っ先に録音となるが、今回は後である。

つまりオンエアまでそれほど日が残っていない。スケジュールをずらすなど困難だろう。

『そしたらスポンサーが急に、仮歌を吹き込んだ歌手に歌わせたらいいって、その当人を連れてくるって言い出したんだよ』

予定していたプロシンガーへの違約金もスポンサー側が全額払うと断言したため、鶴の一声でその主張が通ったという。

『でもさ！　どうやって探したのか知らないけど、実際に仮歌さんに歌わせてみたら上手いし、すんごいイメージぴったりだから驚いたよ！』

監督やディレクターも、かなりいい曲ができたと喜んでいたため、丸く収まったと釘貫は笑って話した。

……ここまで静かに話を聞いていた彩霧の脳裏に疑問符が浮かぶ。どうも智治の正体を知って驚いたという感じではない。

仮歌歌手のことを詳しく尋ねてみたところ、まったく分からないといった答えが返ってきて彩霧の方が驚いた。それというのもスポンサー側が〝倉知《くらち》〟という名字しか公表せず、それ以外のプロフィールをすべて秘匿としたのが原因らしい。

通話を終えて、無音になったスマートフォンを見つめる彩霧は首をひねる。

——倉知さんって、誰よ?

もしかして智治ではないのだろうか。はたまた彼の芸名なのか。

彩霧はその日の夜、早めに夕食を済ませて風呂へ入り、CM放送の予定時刻前からテレビの前に正座で待機していた。

やがて放映番組が切り替わりCMに入った途端、聴き慣れた智治の声が耳に飛び込んで彼女の体が跳ね上がった。

間違いなく己が作曲したメロディが、甘くて深い男性ボイスで歌い上げられている。

でもそれは仮歌を吹き込んだときよりもはるかに魅力的な音色だった。

歌声は男臭くなく爽やかで、リズムも響きもすべてがバランスよく整い、圧倒的な完成度を誇っている。

感情表現も見事で、智治本人のコーラスがいい具合に主旋律を引き立てていた。

失礼だがCMのナレーションが邪魔でしょうがない。興奮で全身が粟立ちそうだ。意識のすべてが惹きつけられて顔面が熱い。泣きそう。

「すごい……」

CM自体も文句のつけようがない出来だった。楽曲をBGMとして、資源エネルギー開発による人々の生活の向上と、自然環境が融合した社会基盤の形成、未来への貢献を訴えている。よくできた内容だ。

楽曲全体はそれほど編曲《アレンジ》されておらず、彩霧のイメージのままで完成していた。音楽と映像の一体感も溜め息が出そうなほど素晴らしい。

彩霧はすぐに録画したCMを再生する。宿にHDDレコーダーがあって助かったと、このときほど思ったことはない。

何度も聴き返しているうちに、不意にあることに気がついた。ここまで完成度の高い歌声が出せるということは、智治は自分と別れた後もボイストレーニングを続けていたのだろう。一朝一夕には手に入れられない音色だ。ものすごい精度で声帯を操っている。

あんな別れ方をした自分の教えなど、もう忘れていると思ったのに。

ここまでしてくれる彼の気持ちが胸に迫った。

スポンサー側がプロシンガーに支払う違約金はかなりの額になったはず。会社の担当者や多くの関係者の口を封じて、レコーディングへ臨むには苦労しただろう。

それに智治自身もかなり緊張したと思う。自宅での録音と違って、音楽事務所でのレコーディングはスタッフの数が多い。ここで絶対失敗できないプレッシャーもあったはず。

——レコーディングのとき、彼のそばについていてあげたかった。

自然とそう思うことができた。

彩霧は短いＣＭを何度も繰り返し再生した後、ヴィンテージギターをケースから取り出し、彼の声を思い浮かべながらＣＭ楽曲を弾き始める。

自分を好きだと言ってくれた人を想いながら、彩霧はその夜、遅くまで同じ曲を繰り返し演奏していた。

翌日、少し寝不足のため遠出はせず、入道崎の芝生の上に座り込んで日本海を眺めつつ、スマートフォンから流れるＣＭ楽曲をエンドレスで聴いていた。社外持ち出し禁止となっている曲だが、作曲者の特権で釘貫に送ってもらうことができた。

——すっごくイイ声……なんて綺麗……

しかし空腹を感じたところでようやく意識が現実に戻った。午前中から聴き続けて、すでに夕方である。聴覚を休ませなくては。

そろそろ帰ろうと立ち上がった彩霧だが、座り込んでいたため体のあちこちが軋んだ。

ふらふらとした足取りで戻る最中、やはりまだ放心していたせいか、子供たちがフライングディスクを飛ばしているところを横切ってしまった。

「危ない！」

少年の声で我に返ったとき、目の前に円盤が迫っていた。悲鳴を上げることもできずに立ち竦んだ瞬間、ものすごい力で背後に引っ張られて倒れこんだ。

「お姉さんたち大丈夫⁉」

あたりにいた少年たちが周囲に集まってくる。彩霧は子供に心配をさせた羞恥と、背後で自分の下敷きになっている人がいることに気づき、急いで立ち上がろうとした。

しかしその人物を認めて目を見開く。

「澪上さん！　え、どうして……」

いるはずのない人が、気まずそうな表情を浮かべて座り込んでいた。一瞬、スーツを着用していないため観光かと思ったが、彩霧の頭の中にある閃きが浮かんで黙り込む。

まじまじと彼女を見つめていると、頭上から男性の声がかけられた。

「加納さん、説明をいたしますので場所を変えましょう」

ドスがきいたような低い声に、巌《いわお》のような逞しい肉体を持つ男性——紺藤がいつの間にか自分たちの近くに立っていた。やはり彼も私服姿だ。

しかし彼の登場によって彩霧は己の閃き——自分を警護しているとの予想が間違っていないことを悟る。茫然とする彩霧の腕を澪上が優しく持ち上げ、そっとこの場から離れるよう誘導してきた。

入道崎から少し離れた人気のない岩場まで歩いていくと、ようやく彩霧の気分も落ち着いてくる。そこで澤上が沈んだ声を漏らした。

「すみません。本来なら姿を見せずに警護するつもりだったんですが……」

「加納さんに降りかかる危険から身を護るのが我々の任務なので、お許しください」

二人の護衛の言葉で先ほどのことを思い出す。澤上が後ろへ引っ張ってくれなければ、フライングディスクが顔面に衝突していた。

しかも思いっきり彼女を下敷きにしてしまった。かなり重かったのではないか。

「いえ、助けていただきありがとうございます。……あの、でも、いつから私の警護をされていたのですか」

退院した直後からとの答えが返ってきて、彩霧はがっくりと肩を落とす。

——全然、気がつかなかった……

そこまでする理由をおそるおそる尋ねてみると、紺藤の方が口を開く。

「東雲からの依頼です。加納さんがゆっくりと静養できるよう、先ほどのような小さな危険からも護りたいと彼が配慮しただけです」

「……私は護衛なんて頼んでいません。だいたい、私が宿にいる間はどこで警護しているんですか。まさか離れの玄関前に立っているわけじゃないですよね」

すると澤上がぶんぶんと首を左右に激しく振った。

「そんなことしません！　あそこは護衛持ちの方が利用する施設だから待機場所が——」

「澤上」

紺藤の厳しい声に窘められて口を閉ざした澤上だが、もちろん彩霧はしっかりと聞いていた。〝護衛持ちの人間が利用する施設〟の部分に激しく反応する。

そのような場所を、なぜ父親の知り合いは紹介してきたのか。リゾートホテルグループの経営者らしいが、それならば普通の宿で十分だろう。

もしかして護衛がつくことは、あらかじめ決められていたのではないか。

そうすると父親は、娘に護衛がついていると知っていたことになる。いや、知らずにこの宿を勧めたのかもしれないが、知り合いだという経営者は確実に知っていたはず。

ならば彩霧の状況に同情して宿泊料金を安くした話はおかしい。その宿を必要としているお客がいるのだから。

そこで、一つの仮説を思いついた彩霧の顔からみるみる血の気が引いた。

「澤上さん……、宿の宿泊料金が異常なほど安いのは、智治さんが手を回したんですね。差額を支払っているんですか……？」

二人の護衛は否定せずに黙り込む。肯定したと同じ反応に、彩霧はこぶしを強く握りしめて踵を返した。

すると紺藤が進路を塞ぐように立ちはだかる。

「それは駄目です！」

「……実家へ帰ります」

「宿に戻られますか」

澤上の悲鳴のような声を聞いて、彩霧は彼女をキッと強い眼差しで睨みつけた。澤上は亀のごとく首を引っ込める。

「なぜ駄目なんですか。理由を教えてください。私自身の問題なのに私に知らされないだなんて、馬鹿にしているとしか思えない」

「それは違いますよ。東雲はあなたを案じているのです」

紺藤の台詞に今度は彼を睨む。目つきの鋭い大男なので内心ではビビっているのだが、視線は逸らさなかった。抗議してやろうと口を開く直前、彼の方が先に語りだす。

「今、あなたを拉致した連中の黒幕へ報復している最中です。近日中に決着がつきますが、もしかしたらあなたへ怒りの矛先を向けるかもしれない。ここから離れるのは危険なんです」

え、と彩霧は驚愕の声を上げた。私の事件の犯人が分かったのかと問うと、紺藤は力強く頷く。簡単に説明された内容によると、彩霧を攫った連中の黒幕とは、国外の資源開発の企業だという。

東雲資源開発は現在、大規模原油探鉱《たんこう》区の売却《ファームアウト》を試みている。

めていた。

購入《ファームイン》を希望する企業は、推定埋蔵量や、ライバル企業の入札価格などの情報を切実に求
彩霧は入札にかかわるロシアの企業に狙われたと判明している。しかし決定的な証拠がつかめず、警察は動くことができない状況であるため、智治は独自の報復措置を展開して勝負をかけている最中だった。

「今は東雲にとって正念場です。向こうが握っているあなたの動画をこの世から消すことができるかは、彼の手腕にかかっています。……まあ、あの状況なら失敗するとは思いませんが、今、あなたに何かあると東雲の集中が削がれるんです」

彩霧にもしものことがあると、智治は取り乱して収拾がつかなくなる。そのためこの地で大人しくしていて欲しい。そう紺藤は淡々と告げる。

話を聞きながら、彩霧はだんだんと俯いて顔を上げられなくなった。

時刻は午後五時を過ぎて太陽が傾きつつある。群青の空を包もうとする茜色《あかね》が深紅へと変化して、天を焦がすかのようだ。それに負けじと彩霧の頬も赤く染まっている。

紺藤に告げられた内容に羞恥を感じて身の置き所がなかった。思わず憎まれ口を叩いてしまう。

「なんで、そこまでやるんでしょうかね……」

呟きながらも答えは分かっていた。耳の奥で智治の呆れた声が聞こえるかのようだ。

そんなこと、君のために決まっているだろう、と。

でもそれを認めるのが悔しくて恥ずかしくて、ボソボソと悪態をつくぐらいしかできない。なのに澤上が追い打ちを掛けてくる。

「なんでって、加納さんのことが好きだからに決まってるじゃないですか」

うぐっ、と彩霧が身を竦めたのと、紺藤が部下を睨んだのは同時だった。彼は大きな溜め息を吐いてから彩霧へ向き合う。

「そういうわけなので、加納さんにはもうしばらくの間、ここに留まっていただきたい。訊きたいことがあるなら答えられる範囲でお答えします」

「……家に戻らない方がいいということは、私の家族は無事なんでしょうか」

「大丈夫です。加納さんのご家族にもひそかに警護はついています」

ただ、敵が狙うとすれば、智治へ直接のダメージを与えられる彩霧本人となる。なので彼女一人を遠くの地へ移動させたのだと、紺藤は教えてくれた。

おかげで余計に気まずくなってしまったではないか。自分が智治の最愛の人だと声高に告げられているようで。

ううう、と羞恥心から縮こまる彩霧は、片手で顔の半分を隠すように押さえると、またしても自分を貶める言葉を口走ってしまう。

「あ、あの人なら女なんてより取り見取りでしょうに、どうして、私なの……」

すると澤上と紺藤が顔を見合わせた。口を開いたのは澤上の方だ。

「個人の好みだと思いますが……客観的な意見を申し上げますと、ああいうプライドの高い人って、相手に対して何かしら敬うところがなければ、まず興味が湧かないんじゃないでしょうか」

「敬う……？」

「はい。東雲にとって加納さんは音楽の先生ですからね。作曲家としてもすごく尊敬していますし、人柄もいいですし」

「えぇー……」

彩霧の口から不審そうな声が漏れた。人柄うんぬんはリップサービスだとして、音楽の先生とは意外すぎてちょっと信じられない。確かにボイストレーニングやギターレッスンはしていたけど、それだけで彼の心の琴線に触れるものだろうか。それに——

「でも、あの人は香穂さんが本命なのでは……」

すると紺藤が不機嫌そうな顔つきになって口を開いた。

「加納さんが不安に思われるのは分かります。ですが彼女と東雲は知り合い程度の関係でしかありませんので、これ以上、彼女を気にする必要はありません」

「知り合い……香穂さんって東雲社長や智治さんと、どのようなご関係なんですか」

「それはお答えできません」

当然ながら、なぜと疑問を述べる彩霧へ、「あなたが部外者だからです」と素っ気なく答える。

「彼女については関係者以外、話せない規則になっているのです。知りたければ、そうですね……東雲の配偶者になるべきでしょう」

「はあぁ？」

素っ頓狂な声が出てしまった。なぜその結論になるのか分からなくて目を白黒させていると、紺藤はいいことを思いついたとばかりに、ポンと拳で己の手のひらを叩いた。

「それが一番いい方法です。あなたが東雲と結婚すれば、彼も言えなかったことを言えるし、我々としてもあなたを堂々と警護できる」

そう告げた紺藤の言葉を彩霧はほとんど聞いていなかった。驚愕のあまり茫然としている。

彼女を見守る護衛二人は顔を見合わせて頷くと、やんわりと優しく、しかし強制的に歩かせて、さっさと安全な宿の中へ連れ戻したのだった。

その日の夜も更けた時刻、ベッドに寝ころんでいた彩霧はのっそり起き上がった。

眠れない。溜め息を吐きつつベッドから下りて和室へと向かう。冷たいお水を飲んで座卓に両肘をつくと、組み合わせた両手に額を押しつけて大きく息を吐いた。

眠れない理由なんて自分でも分かりきっている。夕刻に二人の護衛と交わした会話が尾を引いているのだ。智治が自分へ向けてくれる気持ちの強さと大きさを知って。

——それをとても嬉しいと感じて。

「会いたい、な……」

智治に会いたい。彼のそばにいたい。またあの家で暮らしたい。ずっとあの人と一緒に……

しばらく俯いたまま固まっていた彩霧だったが、不意に勢いよく顔を上げると慌ててギターケースへ駆け寄った。

深夜といえる時間帯なので、なるべく音が響かないよう遠慮しつつ弦をはじく。脳裏に浮かんだメロディをヴィンテージサウンドで鳴らすと、ちょっと切なくてメロウな曲が奏でられた。

これはラブソングに使えるかもしれない。すれ違いもののドラマとか、胸を打たれる系ストーリーの主題歌コンペがあったら応用できる。と、宿に置いてあるメモ帳へガリガリとコードを書き殴っていく。

無我夢中で弾いては書くをくり返していたら、気づけば東の空は薄《うっす》らと白み始めていた。チュンチュンとスズメが鳴く声を耳にして我に返る。

時刻は午前五時。やっちまったと彩霧は慌てるものの、事務所へ出勤するわけではないとすぐに思い出して安堵の息を吐く。

徹夜で作曲なんて久しぶりだった。東京にいるときは珍しくもなかったが、この宿に来てからは初めてだ。

己の心は完全に回復したのだと悟った。

――東京へ帰ろう。

そう決心した。もうここにいる意味はない。智治の事情からすぐには無理だろうが、なるべく早く帰りたいと伝えよう。

お礼も言わなくては。この静かな恵まれた環境で静養できたからこそ、こんなにも早く心が立ち直ることができた。

彼に直接、ありがとうと告げたい。あなたのおかげだと。……ついでにCM曲を歌ってくれないだろうか。生歌を、私のために。

厚かましいことを考えてしまい、己の身勝手さを恥じてギターをジャカジャカとかき鳴らす。適当な音を出していれば指が自然と好きな曲を弾き始めた。

しかしそれがラブソングばかりだったので、自分の心のありように苦笑するしかない。まるで恋をしたばかりの少女のような浮かれ具合だ。好きな人に振り向いて欲しいと願う恋心が勝手に指先を操っている。恋のメロディラインが己の情感を揺さぶってくる。

――あの人を好きになったことを、私は後悔なんてしたことはない。

今でも好きで、心から愛している。温かく包み込んでくれる優しさや、過剰すぎるスキンシップや、ちょっと抜けていて情けないところも、すべて彼を形作るものだ。

好きになったのだから、愛したのだから、この恋に捨て身でぶつかりたいと思った。

——会いたい。

あの人に会いたい。触れたい。抱き締めたい。キスをしたい。

夜の闇に塗り潰された山の影も、心を凍らせた風も、亡くなった恋人の冷たい姿も、もうこの気持ちを消すことなんてできない。

今すぐにでも東京へ帰りたかった。自分が帰る家はすでに家族がいる場所じゃない。ずっと私を恨んでいて欲しいと告げた彼へ、恨み続けるから私をそばにおいてと伝えたい。

彩霧の双眸から涙が零れ落ちた。心のわだかまりが雫として流れ落ちるのと共に、ずっと抱え込んだまま何度も胸の内で呟いていた言葉が思い出される。

——私はまだ、あなたに話していないことがあるんです。

彼に伝えなくては、自分の気持ちを。ここまで誠意を尽くしてくれたのだから自分も応えなくては……。

彩霧はその日、朝早くに澤上と紺藤へ、智治に直接お礼を言うにはどうすればいいかと尋ねた。二人の護衛は驚いた表情を見せた後、彼はもうしばらくすると秋田県へ来る予定があるので、その帰りならここへ寄ることができるだろうと答えた。

秋田県の海上には東雲資源開発が所有する石油プラットフォームがある。彩霧の望みを聞いた智治は、油田基地の視察を終えた後に宿へ向かうと、護衛を通して伝えてきた。

もともとこの旅館は、海上基地の帰りにときどき利用する、彼のお気に入りらしい。

それから数日後の土曜日、夕方近くになって智治は宿へ到着した。

そのときの彩霧は広縁に腰を下ろし、適当な曲をギターで一心不乱に弾いていた。

やはり緊張する。退院する際に彼へ別れを告げてから、もう一ヶ月が経過しているのだ。

もしかしたら自分への気持ちなどすでに冷めているかもしれない。こんな手間がかかる面倒くさい女より、素直に甘える可愛らしい女性の方が男ウケはいいだろう。

智治に、忙しいのに呼びつけやがって、と不機嫌そうな顔をされたら立ち直れそうにない。でもわざわざ仕事帰りにここまで来てくれるなら脈はあるかも。いや、単に義理を果たしたいだけなのかも。

……などと、とめどなくネガティブな思考が頭の中でぐるぐると渦巻く。おかげで部屋の隅に控えていた澤上から、「東雲が到着しました」と声をかけられたとき、ギターからおかしな不協和音が鳴り響いた。

「ど、どちらにいらっしゃいますか」

「ラウンジにいるそうです。ここへ連れてきましょうか」

「いえいえ！　私が行きます！」

部屋まで来いだなんて図々しいことなど言えないし、宿泊客以外は部屋に入れてはならない決まりもある。澤上と紺藤は宿から許可を得ているらしいが。

慌ててギターをケースへしまい、簡単に化粧直しをしてから管理棟へ向かった。

ここへ来て以来、一度も利用したことがないラウンジに、スーツ姿の長身男性がこちらに背を向けて座っていた。後ろ姿だけでその人が智治だと分かる。

入り口で足を止めた彩霧は、その後頭部を凝視したまま立ち竦んでしまった。

広間の壁際には、見覚えのある黒服の屈強な男たちが点在している。そのうちの一人、護衛チームのリーダーである武林が動いた。

彩霧へそっと近づくと、目が合った彼女へニコリと微笑んでくれる。ポーカーフェイスを貫く彼にしては大変珍しい態度で、やや驚いた彩霧は金縛りが解けた気分だった。

彼に促されて覚束《おぼつか》ない足取りでソファへ近づく。気配を感じ取ったのか智治が振り向いた。

あ、と呟いたのはどちらだったか。お互いに相手を見つめたまま動けないでいる。そのままの状態で少なくはない時間が経過した。

見かねた武林が、智治の斜向《はすむ》かいの席へ彩霧を誘導する。ぎこちなく腰を下ろす彼女へ、女将が紅茶を差し出してその場からそっと消えた。

彩霧はありがたくカップを口元へ運びつつ、ちらりと智治の顔を盗み見た。彼はコーヒーを飲みながら視線を落としたままで、話し出す気配はない。……むちゃくちゃ緊張しているとわかる雰囲気だ。顔色もよくない。

できれば彼の方から話しかけて欲しかったものの、自分から呼び出したことを思い出し、悟られないよう深呼吸をしてから話しかけた。

「あの、ここを紹介していただいたこと、感謝しています。ありがとうございました。おかげでゆっくり休むことができました」

するとようやく彼の視線が持ち上がった。やはり緊張の色を隠さない智治は、手にしていたカップをソーサーへ戻して口を開く。

「礼なんて必要ないよ。君を心身ともに傷つけた謝罪の一つと思ってくれればいい」

「はい……」

「でも、元気になったみたいで良かった」

智治は続けて、彩霧の部屋を隠し撮りした動画はすべて消去したと告げた。

「ありがとうございます。……動画っていくらでもコピーできるから、本当にネットに流れないか、ちょっと不安ですけど……」

「仮に残っていたとしても、それがネットに流れたり、人の目に晒されることは決してないよ。――そんなことをすれば奴の身は破滅だ」

最後の台詞を呟いたときの智治は異様に恐ろしかった。口元だけ笑って目が笑っていない。そのうえで心の底から誰かを嘲笑う気配を感じる。

見るんじゃなかったと彩霧は目を逸らした。どうやったかは教えてくれなかったが、たぶん彼の言うことは信用できるとの迫力があった。なのでもう、話題を変える。

「あの、宿泊代もありがとうございます。……ここってすごく高いですよね」

「そうでもないよ」

表情を平常のものに変えて彼はあっさりと否定する。

その様子から、本当に大したことはないのかなと考えてしまうが、彼とは金銭感覚がずれていることを思い出した。

たとえ一泊の価格が安くても、自分はすでに一ヶ月近くも滞在している。通常料金ならば宿泊費の累計は恐ろしい金額になっているだろう。それを訊いても答えてくれないことは察せられたが。

ふとそこで、すべてを知りたいならば智治の配偶者になるべき、と告げた紺藤の言葉を思い出してしまった。

とんでもないことである。相手の迷惑ぐらい考えるべきだろう。なんてことを言うのか。

いきなり真っ赤になって深く俯いてしまった彩霧へ、智治の困惑した声が降り注いだ。

「彩霧？　どうした、暑いのか？」

「……いえ、大丈夫です」

そのとき男の大きな両手が、彼女の赤く染まった頬を冷やすかのように包んだ。智治の手は常に温かく、自分に触れるときは熱いほどだった。しかし今は緊張のせいか不安のためかひどく冷たくて、それがとても心地いい。

彼の手に持ち上げられて顔を上げると目が合う。

いつもより速くなった己の鼓動が内から聞こえてくる。胸の奥から形容しがたい甘い感覚が膨らみ、視線を離すことができない。

彩霧の瞳は気持ちよさと羞恥で潤んでいた。上目遣いの彼女を見下ろす智治がゴクリと生唾を飲み込む。

が、互いに見つめ合っていたら、わざとらしい咳払いが割り込んで我に返った。

慌てて離れると、黒服を着用した紺藤がすぐそばに立っている。……いつの間に。

「ここは他の宿泊客の方々も利用しますので、加納さんの部屋へ移動された方がよろしいかと思われます」

人目がある場所でイチャイチャするんじゃない、と言われた気がして、彩霧は身を縮こまらせて俯いた。智治が紺藤を睨みつける。

「……旅館側の許可を取っていない」

「もう取りました」

「ずいぶん気が利くんだな」

「いつもは準備のいい方が今日に限って後手《ごて》に回っているため、周りが手を出さずにはい

られないだけです」

智治がものすごく不機嫌そうな顔つきになるが、すぐに表情を切り替えて彩霧へ向き合った。

「君の部屋へ行ってもいいだろうか」

この状況では断れないと、彩霧は顔を赤くして思う。でもそこでいいことを思いついた。

「あのぅ、ＣＭ曲を歌っていただけますか」

「ああ、〝スフィダンテ〟？」

こくりと彩霧は頷く。

イタリア語で〝挑戦者〟を意味する楽曲名は、新たなステージへ挑戦したいという智治の想いを汲《く》んで名づけた仮タイトルだった。それが正式な曲名として採用されたと知ったとき、彼女はとても喜んだ。

頬を染める彩霧は、「伴奏はしますので」と両手を握り合わせて上目遣いでおねだりをする。その視線を受け止めた智治は、壊れた機械人形のように何度も頷いた。彼女の手を取って立ち上がる。

離れの部屋には智治しか入らず、護衛は全員、建物の外で待機だった。

二人きりになったきまり悪さから、彩霧はすぐにギターを取り出す。楽器を手にすれば気持ちは落ち着いた。

「智治さん、これもありがとうございます。こんな素晴らしいヴィンテージギターは初めてです」

「気に入ってくれたなら嬉しいよ。私は一度弾いただけで、後は飾り物にしていたから」

「それはもったいないです！　ヴィンテージギターってすっごく貴重なんですよ！　サイドとバックの材質にブラジリアン・ローズウッドが使われていて、現在のギターではほとんどありえないんです。材料が手に入らないから！」

「………」

「ヴィンテージギターのすべてが良質というわけじゃないですけど、現代まで残っている品はやはり音がいいからこそ、大切に扱われて後世に残されたんです。弾いてあげなきゃ可哀相ですよ」

「前も似たことを言っていたな」

言ったっけ？　首をひねっていると、智治が微笑みながら教えてくれた。彼の家へ初めて訪れたとき、ギター部屋で「楽器は弾いてあげた方が喜ぶ」と言ったことを。

「あれはすごく嬉しかったんだ。昔、もっとギターを練習しろと説教する悪友はいたけど、弾き方を教えてくれたのは君だけだった。だから――」

智治が彩霧の目を見つめながらスーツのジャケットを脱いだ。足を踏み出せば互いの距離が一気に狭《せば》まる。

立ち竦む彼女は心臓が常より速く鼓動を刻み、ギターを持ったままその場から動けない。

だが彼は彩霧からギターをそっと取り上げ、ストラップを調節すると斜めがけにした。

伴奏は自分がすると思っていた彼女は驚愕する。

「弾き語りですか？　ＣＭ曲の？」

この人って、弾き語りはできないんじゃなかったっけ？　目を丸くして智治とギターを交互に見つめていたら、彼は悪戯っぽく微笑んだ。

「ＣＭの曲は後でね」

じゃあ、何をするつもりなのか。キョトンとしたまま智治を見やると、彼はギターの位置を調節し、背筋を伸ばして姿勢を正しポジションを固定する。

「……君が私の歌声をとても気に入ってくれたから、何を贈れば喜んでくれるだろうって考えたとき、真っ先に歌うことを思いついたんだ」

宝石の類《たぐい》を贈っても、それほど喜んでくれないと思うから。そう苦笑する智治は弦を軽くはじいてヴィンテージサウンドをかき鳴らす。

「だからＣＭ制作の途中で、プロシンガーがインフルに罹患したって聞いたとき、チャンスだと思ったんだ」

自分が楽曲を吹き込めば必ず彩霧に届くはず。君から教わったことは忘れていないのだと、君のことを忘れた日は一日たりともないのだと、会うことが叶わなくても想いだけなら届くのではと考えた――

智治の指が滑《なめ》らかにコードを奏でる。イントロのアルペジオですぐにその曲を察した。この世に知らない人はいないのではないかと思わせるほど、超有名なラブソングだ。

智治の喉からセクシーで甘い音色が流れ始める。しっとりと落ち着いた低音から、男性では発声しづらい高音まで美しく放たれた。恐ろしいほど声が伸びている。

よほど練習したのか、彼は視線をほとんど彩霧から離さなかった。真正面から緊張と情熱を絡めた甘い眼差しで射貫いてくる。

愛する人へ想いを伝える歌が、彼の心を遺憾なく表現していた。

澄み切った透明感のある歌声が降雨のように彩霧へ降り注ぐ。まさしくサウンドスコール。まさに絶唱。色気に溢れたスーパーボイスだと彩霧は感極まる。

もう泣きそうだった。こんなふうに口説かれて落ちない女はいないだろう。

知らないうちに涙をこぼしていた彩霧は急いで袖口で目元をぬぐうと、歌い終えた智治へそっと近づいた。

「すごく素敵です……でも左肩が前に出ていますよ」

「えっ」

「右利きの人はギターのヘッドが左前に出て、体の中心線が歪みやすいんです。この状態でギターを弾き続けると体に不調が出てきますよ」

智治の背骨に手を添えてねじれを正しつつ、体全体の矯正をする。意図的に彼の体のあちこちへ触れながら。

彩霧、と名を呼ぶ声が濡れている。

額に男の吐息を感じ、恥ずかしくてネクタイの結び目を見続けるだけで顔を上げられない。智治は急いでギターを壁へ立てかけ、彼女へ囁いた。

「どうか顔を見せてくれ」

迸るほどの欲望を滾らせて智治が誘う。

おずおずと面《おもて》を上げた彩霧の視界には、彼女を求める真剣な表情の男がいた。彼の渇望が胸に熱く感じて咄嗟に視線を横にずらす。

すかさず両肩をつかまれて唇を塞がれた。しかしそれ以上の侵入はない。

ずっと触れ合うだけの口づけだった。甘さの欠片もない切迫したキスに、そっと彩霧から離れる。鼻先が触れ合うほど近くで見つめ合えば、許しを得るまで進めない男のもどかしさを肌で感じた。

――自分からキスをしたくせに踏みとどまるなんて、いくじなし。

彩霧から彼の唇を塞いで舌を伸ばした。

舐められた智治が驚いて隙間を空けた瞬間、彼女の舌が強引にもぐり込む。彼に教えてもらったキスを思い出しつつ口内をまさぐると、すぐに反撃された。

粘膜が搦め捕られるような激しい口づけだった。彩霧も夢中で舌先に彼への愛を訴える。貪るようにキスを交わし、互いの体を強く抱き締めて同じ想いを重ね合わせた。

息をすることさえもどかしく思いながらキスを続けていると、当然だが酸欠状態になって智治の唇から離れる。しかし執拗に口を塞がれて、とうとう彩霧の体が崩れた。

彼に縋りつきながら膝立ちで荒い呼吸を繰り返していたら、同じように床へ膝をついた智治に抱き締められて押し倒されそうになる。慌てて彼の背中をタップした。

「わわっ、待って智治さん！」

「彩霧、好きだ」

耳元で告白しながら遠慮なく体重をかけてくる。惚れた男から甘い声で愛を囁かれたら、反発などできないではないか。このまま流されてもいいかなーと考えてしまったが、先に言わねばならないことを思い出した。

——私はまだ、あなたに話していないことがあるんです。

「智治さん、私もあなたが好きです。……でも、もしかしたらあなたを利用したいだけじゃないかって不安もあるんです」

「何が？」

覆い被さっていた体が離れて至近距離で見つめられる。彼の表情には不快さなどのマイナス感情は浮かんでおらず、純粋に疑問を表していた。

「君は音楽以外だとたいして欲がないように見えるが、私の何を利用するんだ？」

「その音楽が問題なんです。……あの、起きて話をさせてください」

お願い、と意識的に甘えた声を出せば、智治は何かを耐えるような顔になった後、ものすごく渋々と体を起こした。しかし彼女を離すつもりはないらしく、胡坐《あぐら》をかいた脚の上に肢体を乗せて腰をガッチリとつかむ。

彩霧はこの体勢に羞恥を覚えながらも、諦めてポツポツと語りだした。

「以前、亡くなった恋人と最後に会ったときに言われたんです。私が好きなのは彼自身じゃなくって、彼の音楽の才能だけだと……」

「才能？」

「あの人には、仮歌詞《かりかし》を助けてもらうことが多かったんです」

「仮歌詞って、仮歌につけるとりあえずの歌詞だったか？」

「はい。たしかに〝とりあえず〟ではありますが、本当はとても大事なことなんです、仮歌詞って」

コンペに提出する歌モノの仮歌とは、〝仮歌詞がついた曲を人間が歌う〟ことが大前提である。曲の響きや流れを壊さない言葉を選び、メロディとフレーズを一体化させる必要があるのだ。

言葉とは不思議なものである。仮歌詞によってメロディの印象が衰えてしまう場合もあれば、メロディと言葉の相性が抜群で、そのまま本番で採用される場合もあった。

しかし彩霧はこの仮歌詞が大の苦手だった。作曲家として今の事務所に拾われたばかりの頃など、「メロディはいいけど仮歌詞がすべてをぶち壊している」と何度言われただろう。

泣きながら元恋人に相談したところ、彼が彩霧のメロディに合わせて仮歌詞を考えてくれた。二人で協力して作り上げた仮歌は、彩霧にとって初めてコンペを勝ち抜き、リリースされた楽曲となった。

それ以降、仮歌詞でつまずくたびに彼女は元恋人に頼っていた。

「……彼に、おまえは俺の作詞の才能だけを求めていたんだと、だから結婚を考えた相手をあっさり捨てられるんだと言われて……私はそのとき、彼の言葉を否定できないって思ったんです」

智治が何も言わずにこちらの顔を見ている気配がする。だが彩霧は彼の眼差しを受け止める勇気がなくて俯いたままだ。

ずっと心の奥底でわだかまっていた本心はあまりにも醜くて、智治に嫌われるのが怖くて言えなかった。

「私はたしかに彼の才能を愛していました。あの人が生み出す言葉はとてもパワーがあって、メロディとの親和性も素晴らしくて、とても真似できないクオリティだった……」

『いい作品を作ろうね、私たち二人で』

彼とよく交わした言葉。自分が曲を作って彼が仮歌詞を乗せる。

それを今度は智治へ向けた。自分が曲を作って彼が仮歌を歌う。

『いい作品を作りましょうね、二人で』

自分はまた同じ馬鹿をくり返そうとしているのだ。己が持たない能力を他者に求めてしまう。一体どこまで搾取すれば気が済むのか。元恋人は死んでしまったのに。

目頭が熱い。頭も痛い。心臓が爆発しそうなほどドキドキしている。泣くのを我慢していたけどもう我慢できそうになかった。泣いて相手の同情を誘うのは大嫌いなのに。

「こっ、今度の、ＣＭコンペだって、採用をっ、もぎ取ったのは……、智治さんの、力が大きくてっ、……わたしは、あなたの歌声を、利用して……」

頭を直角に曲げて項垂《うなだ》れた途端、ぼろぼろと涙が零れた。男の膝の上で泣くなんて卑怯な真似をするなと、己の内から糾弾する声が聞こえるかのようだった。

智治の視線が痛い。浅ましい女だと嫌われただろうか。でも誠意を尽くしてくれた彼への疚しさを、このまま隠し続けておくなんてできなかった。

打ちひしがれていると、智治の右手が強引に彩霧の顎をすくい、強制的に顔を上げられる。驚く彼女の視線の先では、彼が眉間に皺を寄せていた。

「なんでそこまで悩むんだ。その男の言ったことって、単に別れ際の捨て台詞でしかないぞ」

きっぱりと言い切ったので彩霧は目を瞬かせて驚く。

「そ、そうなんですか……？」

小さく問えば、智治は大きな溜め息を吐いて、「同じ男だからそいつの気持ちがすごくよく分かる」とかなり嫌そうに呟いた。

そういえば彼は彩霧の元恋人を嫌っていた。

「たしかに君は男の才能とやらを求めていたのかもしれない。でもそんなこと当たり前なんだ。好きだからこそ頼りたい、心を許しているからこそ助けて欲しい。そう思うのは人間の本質だ。素直に相手へ甘えられる証拠じゃないか。……羨ましい」

最後の言葉にものすごく実感がこもっていたため、彩霧は首をひねる。

するとと智治はうんざりとした表情で教えてくれた。

「私なんて相手の女性に甘えられるどころか、この顔のせいで『顔だけ好きになった』と昔からよく言われたぞ」

「えぇっ」

「中身はどうなんだって訊いたら、なんて言われたと思う？　性格が女々しいからそれほど好きじゃないってさ。でも顔がいいから付き合おうって」

それは酷い、同情に値する。驚きすぎて涙が引っ込んだほどだった。

彩霧は鼻をすすりながら、しかめっ面になった智治を唖然と眺めた。

「付き合いを続けるには、相手の一部分のみを好きだなんて無理だ。ましてや結婚なんて、死ぬまで一緒にいる他人を選ぶんだ。才能を好きになったとか、歌声がいいからとか、それだけで人生の大事を決められない」

ここで彼はものすごく不機嫌そうな顔になって、彩霧から視線を逸らして口を開いた。

「だから君はそいつを……間違いなく愛していたんだ。それが分からない男の方が馬鹿なんだよ」

こんなこと言いたくないけど、仕方なく彩霧の気持ちを代弁した、といった印象だった。

本気で口にしたくもないのだろう、好きな女性が自分以外の男に恋をしていた当時の感情など。

元恋人との関係に嫉妬しているのだと彩霧は察した。そのやきもちを素直に喜んだ。妬《や》いてくれることが嬉しいと、この人をちゃんと愛していると悟った。

涙ぐむ彩霧をよそに、智治はいまだに元恋人に対して憤っている。

「私がそいつの立場だったら、才能ごと自分を好きにしてみせると言う。仮に自分の才能が潰れたとしても、それでも構わないと君に言わせてみせる。——男ならそれぐらいのこと、惚れた女に言ってやれと思うね」

彩霧はたしかにこのとき、構わないと思った。

もし智治の喉が潰れて歌声が出せなくなったとしても、自分はまったく構わない。それなら一緒にギターを弾けばいい。自分がベースを弾いて、セッションをすればいい。エアギターライブだって一緒に行く。

——あなたの魅力は歌声だけじゃない。

やっと分かった。人を好きになることの意味を。相手のすべてを愛するからこそ、だめな部分も受け入れられる、その心の変化を。

胸の奥が熱い。一度は途切れた涙が溢れそうになる。だけど頑張ってこらえながら、泣き笑いの表情で智治の首へ縋りつく。

「ありがとうございます……そう言ってくれるあなたが好きです」

「私も君が好きだ。音楽馬鹿なところも、作曲に集中すると周りが見えなくなるところも、ボイトレのときは怖いぐらい厳しいところも」

「なんですか、それ」

私ってそんなに厳しいかなぁ。小さく笑いながら智治の目を見つめると、彼は優しい表情で彩霧を愛しげに見つめ返している。

「そういえば、利用するっていうなら私も利用したな」

「え、私をですか?」

「君を、というより君の性質を、だな」

彩霧を口説くなら言葉を尽くすより、歌った方が手っ取り早くて確実だ。なので必死になって弾き語りを練習したと、智治は苦笑しつつ白状する。

「絶対に落としてみせるって意気込んだけど、やっぱり弾きながら歌うのは難しかった。手が止まってばかりで」

「弾き語りは慣れですよ。それにあれは本当に素敵でした。……また歌ってくれますか」

あんな口説き方なら何回でも口説かれたい。——私への恋心を彼が歌ってくれるなんて夢のようだ。

あの情景を思い出した彩霧の目が輝き、頬が薄らと色づく。すると智治が口元をつり上げてニヤリと微笑み、彼女の耳元へ唇を寄せた。

「君のためなら何度でも、永遠に」

歌うように色っぽい口調でしっとりと囁いてくるから、彩霧の顔といわず耳から首筋まで見事なぐらい真っ赤に染まった。

その様子を認めた智治が声を上げて笑いだす。「涙は止まったな」と言いながら、彼女の目尻に唇を寄せて雫を吸い取ってくれる。

間近で眼差しを絡める二人はやがて幾度も唇を合わせた。ようやくお互いを隔てる壁が崩れたと、無言のキスの中で共に感じている。

過去のわだかまりも捨てて、ただの男と女になった二人は、抱き合いながらもつれるようにして寝室へ足を踏み入れた。

しかし彩霧は、ベッドへ押し倒されそうになったところで智治をやんわりと止める。

「スーツ、皺になっちゃう……ハンガーに掛けますから」

彼は睦み合う際に服を放り投げるため、床の至るところに二人分の衣服が散らばりがちだった。でもスーツをそんな乱暴に扱ったら、形が崩れたり皺がついてしまう。

そう思っての発言なのに、智治は彩霧の顎をすくって視線を合わせると、不機嫌そうな顔を見せた。

「あのなぁ、この状況で服を気にしている余裕なんかないぞ」

智治が彩霧の細い腰を両手でつかみ、グッと己の股間を相手に密着させる。

ひえっ、と彼女の喉から哀れな悲鳴が漏れた。極上の手触りの生地を押し上げる肉塊がそこにあるではないか。

しかもガチガチに硬くなっており、もうこれ以上は待てないとの主張を感じ取る。

「服なんかクリーニングに出せばいい……どうせ寝ている間は何も着ないんだ」

くす、と小さく笑う彼の台詞の意味など分かりきっている。彩霧は羞恥から顔を両手で隠した。

智治は縮こまる彼女を抱き寄せると背中をまんべんなく撫でさすり、やがて指先をスカート越しに尻の谷間へ侵入させる。そっと脚の付け根へ突き入れ、指の腹で秘所を押し上げた。

「あ、ぅ」

久方ぶりに感じる彼の指。彩霧の官能を引き出すのがとても上手い指使いのおかげで、体温があっという間に上昇する。局部から立ち昇る快感が背中を駆け抜け、びくびくと細い体を揺らした。

彼女の耳元で、智治が熱い吐息と共に色っぽい声を流し込む。

「脱いでいるところ、見せてくれ」

……この人は絶対、こうやって囁けば私が逆らえないって気がついている。でなければこんなふうにエロい声で言わない！

彩霧は泣きそうな思いで智治を睨みつけるが、彼は嬉しそうに微笑み、彼女を腕の中から解放して二歩後退する。

脱いで、と告げながらベストのボタンを外し床へ落とした。ネクタイの結び目に指を差し込み、ことさらゆっくりと、まるで見せつけるように解《ほど》いて襟から抜いていく。

もちろんその間も彼女の瞳から目を離さない。

彩霧は、惚れた男が自分を抱こうと着衣を脱ぐ様子に、どうしようもないほど煽られた。眼差しに緊縛されたかのように、男の熱い瞳へ釘づけとなる。視線に催眠術の効果でもあるのか、やがて覚束ない手つきで服を脱ぎだした。

白いVネックのニットソーと、山吹色のプリーツスカートを足元へ落とす。下着姿となった彩霧を智治が食い入るように視姦する。

「全部脱いでくれ、頼む……」

そんな切ない口調で哀願されたら断れない。心の中で反発しつつも理性が溶かされていくのを感じて、素直にキャミソールとブラ、ストッキングにショーツを体から取り去る。

一糸まとわぬ姿になって咄嗟に胸と脚の付け根を隠すものの、吟味された肌は薄桃色に色づいていく。不躾なほどあからさまな視線が、彼女の頭の天辺から足の爪先まで舐めるようにねっとりと上下する。

腕を外してくれと言われてしまい、逡巡の末に両腕をだらりと下ろした。

さすがにこのときばかりは智治を見ることができずに顔を背ける。でも全身くまなく、ヒリヒリするほどの視線を感じて居たたまれなかった。

体に見合わぬふくよかな乳房。劣情で勃ち上がった乳首。くびれた腰から豊かなお尻へと続く美しいライン。すらりと伸びるメリハリのある細い脚。

足首がきゅっと締まっているのを、智治はよく褒めてくれた。素晴らしい脚線美だと脚に頬ずりされたこともある。

「……いいね、たまらない」

吐息混じりの呟きを聴いた彩霧は、そっと尻目で彼を見やる。目元を赤くした智治がワイシャツと下着を脱ぎ、相変わらず均整の取れた肉体を晒している。

しかしカチャカチャとベルトのバックルが鳴る音で、彼女の視線は再び逸らされた。実は他人がズボンを脱ぐシーンが苦手だったりする。

智治はそんな彩霧の心情を、短い同居生活の中で気づいている。そのためわざと見せつけるようにゆっくりとジッパーを下ろした。部屋が静かすぎて、ストン、とスラックスが落ちる音さえもよく聞こえてしまう。

靴下を脱ぐ音さえも聴き取れる。

「私を見てくれ、彩霧」

恐る恐る顔を前へ向けた彼女の視界に、アンダーウェアを盛り上げる股間が飛び込んできた。高揚感で彼女の心拍数が激増する。

肉茎は膨張しすぎているせいか、先端がウェストのゴム部分から少し覗いていた。しかもそのあたりの生地が先走りの蜜で濡れている。

自分が彼をそうさせているのだと、誇りにも似た感慨が彩霧の胸を打つ。すると恥ずかしい気持ちは変わらないのに自然と脚が進み出た。

智治が二歩で下がった距離を、彩霧は三歩で埋める。

膝立ちになって顔の正面にある男の隆起を見つめ、口の中に溜まった唾液をゴクリと飲み込む。手を伸ばしアンダーウェアを足首まで一気に引き下ろした。

ぶるり。締めつけから解放された巨根が前後に勢いよく揺れる。その拍子に先端で溢れそうになっている蜜がほろりと零れた。

自分を求めるその雫を零してしまうのがもったいなくて、舌先を伸ばし唇を寄せる。が、智治に強く肩を押さえられて止められた。

疑問を浮かべて視線を上げると、頬を染めて瞳を潤ませる彼が見下ろしている。美しい顔がさらに艶めいており、もうそんな顔を見るだけで下腹がどうしようもないほど疼く。

「……シャワー、浴びてない」

自分を止める理由がそんなくだらないことなのか。ムッとした彩霧は唇を尖らせて強引に肉塊へ吸いついた。

「うぁ」

快楽がにじむ彼の声が嬉しい。男性への奉仕は智治に教えてもらったから、どこを攻めれば悦んでくれるかは学んでいる。

ツルツルする亀頭の表面に舌全体を密着させて、肉をゾロリとこそげるように丁寧に舐める。そのとき舌先を先端の窪みへ突き入れることも忘れない。蜜はほろ苦さを感じさせるけど、それが愛する人のものなら美味しいと思う。

ちゅ、と鈴口へキスをして智治の顔を窺えば、肩で息をする彼は切迫した表情を見せて、彼女の唇を親指の腹でなぞった。

「咥えてくれ。……奥まで」

追い詰められたような声音に彩霧の下腹がきゅんと蠢いた。たぶん己の茂みはとっくに濡れていると思う。そのうちはしたなく垂らすかもしれない。

本当はもう挿れて欲しいだなんて卑猥なことを考えつつ、透明な蜜を舐め取りながら太い肉棒を頬張った。

大きすぎて少し顎がつらいけれど、今は彼を悦ばせたい気持ちから全然苦にならない。喉の奥まで飲み込んで舌を動かす。逞しい味がする。

ああ、と頭上から色っぽい呻き声が落ちてきた。それがとても嬉しくて、裏筋を舐めつつ喉の奥で強く亀頭を吸い込む。彼の引き締まった硬い腰をつかんで頭を上下に振る。ピアスが揺れてシャリシャリと音が鳴った。粘液と空気が混じり合う卑猥な水音が互いを包む。絡まる体液が口から溢れ、陰茎を伝って彼の下草を濡らした。

互いの下半身の状況が同じになったことを、彼女は胸の内で喜ぶ。

いつの間にか頭部を優しく撫でられ、耳や頬をくすぐられていた。素肌に触れてくる大きな手のひらは、すでに熱を取り戻して温もりが心地いい。智治の心が熱いのかもしれない。

口淫を堪能する智治は、しばらくするとせわしなく手を動かして彼女の頭部を撫で回す。出そう、と呟く彼の割れた腹筋がピクピク動いている。口の中の肉塊もさらに肥大して張り裂けそうだ。先走りの蜜がどんどん溢れてくる。

彩霧は頭を振る勢いをさらに速め、男の欲望を極限まで追い詰めた。じゅっ、じゅっ、と素晴らしく淫靡《いんび》な音が立ち昇る。

すると突然、ものすごい力で引っ張り上げられ、強制的に立たされると強く抱き締められた。膨張した陰茎を互いの体で挟む体勢になった途端、呻き声と共に胸部へ熱い迸りを感じる。

荒い呼吸を繰り返す彼の心臓が激しい鼓動を奏でていた。

彩霧は、自分の拙《つたな》い技巧でも満足させられたとの達成感で心を熱く染める。彼の首に一筋の汗が流れ落ちるのを認め、無意識に雫を舐め取った。

するとお互いの間でいまだに衰えない剛直がびくびくと震える。

「……そんなことをされたら、挿れたくなるだろ」

智治の無念そうな声に彩霧は驚く。

「駄目なんですか？」

「駄目というか、ゴムを持ってきてない」

あ、と思わず声を漏らした。そういえば宿にはそのようなものなど用意されていない。

当然、自分も持ち合わせてはいないため、避妊具がない状況となる。

彩霧は、こんなときでも女性の体を慮《おもんぱか》ってくれる彼の優しさを喜びつつ、ここでお預けなんてひどいと勝手なことも考えていた。だから精一杯、体を伸ばして彼の耳へ唇を寄せて、ありったけの想いを吹き込む。

ここで止めないでください、と。

智治は彩霧をぎゅうっと抱き締め、嬉しいよ、と喜んでいるようだった。

「そ、それよりもまず、拭きませんか……」

密着した肌から、ほんのりと生臭い独特の香りがして落ち着かない。

やや慌てた表情の智治が彩霧を解放すれば、にちゃりと音を立てつつ白い粘液が伸びて二人を淫らに繋ぐ。密着したせいで白濁は結構な範囲に広がっていた。

「あー、すまない。一緒に風呂へ入ろう」

嬉しいと思う反面、面映ゆい。同居をしている最中にそのようなことは一度もなかったのだ。大抵はボイストレーニングやギターレッスンをしている間にその気になって、ベッドへもつれ込むという流れが多かった。

躊躇いながらも頷くと寄り添って脱衣所へ向かう。智治が優しい手つきでピアスを外してくれた。が、そのまま屋外の露天風呂へ促されるから焦る。

「あのっ。外で、ですか?」

「ああ。内風呂は狭いだろ」

「えー……」

彩霧は内風呂へ目を向けて混乱する。自分が東京で借りている部屋のユニットバスに比べたら数倍も広いのだ。信楽焼《しがらきやき》の湯船は足を伸ばせるほど大きい。

でも二人で入るのはどうなのだろう。疑問に答えが出せないでいるうちに外へ足を踏み出してしまった。

まだ明るい空の下で裸身を晒しながら風呂に入るというのは、ベッドで絡み合うより恥ずかしい。しかも智治をちらりと盗み見ると、彼の分身は相変わらず天へ向けてそそり勃っている。

慌てて彼へ背を向け、小さめの洗い場で湯を浴びて白濁を落としてから、急いで岩風呂へ入った。すると背後から引き寄せられ、彼の膝の上で抱き締められる。……重くはないのかなと不安に思って尋ねてみれば、浮力があるからそうでもないらしい。

少々居心地が悪かったが、男性のがっしりとした腕に包まれる安心感で心と体がほぐれていく。ほう、と小さな吐息を零して智治にもたれかかった。しかしお尻に硬いものを押し当てられて硬直する。

彼の方は彩霧の狼狽など意に介さないらしく、頬ずりをしては柔らかい肌の感触を楽しんでいた。男性の硬めの肌が触れ合う感覚は、なぜか嬉しくも恥ずかしい。

耳たぶを何度も啄まれて身を捩る。彼の手のひらが乳房をまさぐってきた。

「くすぐったいです……」

小さく抗議すると、背後で智治がクスリと笑う。

「すまん、嬉しくて。彩霧がそばにいるなんて夢のようだ」

「そうなんですか……？」

「ああ。もう二度とこんなふうに触れないかもって、頭の隅で覚悟はしていた」

だから今がとても幸せだ。智治は弾んだ声で囁きながら、片手で乳房を揉み続け、もう片手を秘芯へ伸ばす。

「あっ」

快楽の原点をいじられた彩霧の背筋がしなる。もともと奉仕をしている間に、体の芯に火がついているのだ。彼女の秘壺はすでに熟れて美味しそうな果汁を蓄えている。

そこへ鋭い刺激を与えられれば、あっという間に心がとろけて智治の腕の中へ堕ちていく。

彼は硬くしこった快楽の萌芽を指の腹でこねつつ、ときどき摘まむようにして捻り潰す。

感度が上がりきった体には強すぎる快感に、彩霧は逃げるように体をひねった。

「やっ、やめ……」

「言い忘れたが、あんまり大きな声を上げると警備中の奴らに聴こえるぞ」

彩霧は慌てて口を両手で塞ぐ。抵抗がなくなった途端に智治の指使いが大胆になった。

狡猾に動く指は肉体の弱点を徹底的に嬲り、熱い吐息と囁きで彼女の精神を翻弄する。

「ん、ん……っ」

「可愛い、彩霧。こんな姿を見たらもっと虐めたくなる」

「うぅっ！」

「君はすごく感じやすいんだよな。抱かれ上手っていうか、セックスに溺れそうだ」

「ン――ッ！」

指も声も止めて欲しいと背後の彼へ視線で訴えるが、ニコリと胡散臭い笑みで黙殺されてしまう。

甘い責め苦から逃れようと身を捩るものの、智治が自身の膝を揃えて折り曲げるから、彼を跨いでいた彩霧は開脚したまま仰け反って逃げられない。

声を上げて羞恥を誤魔化したいのに、自ら口を塞ぐから余計に理性が乱される。指責めを耐え続けるしかないが、そろそろ限界だった。

「んふぅ！　ん、んっ！」

ときどき脚が跳ね上がって水面を叩く。ばしゃん、と大きな水音が立ち昇り、意地悪な笑い声が後ろから放たれた。

「ほらほら、そんなことをしていると護衛が不審に思って、異常がないかを確認しにくるぞ」

「んんぅ！」

首を左右に振ってそれは嫌だと示すものの、快楽を味わう体は大人しくしてくれない。必死になって動かないよう萎縮しても、容赦ない指使いに肉体と精神が陥落寸前だった。

智治の上で身悶える姿は卑猥な踊りのようで、悦に入る彼の指がますます巧みに動く。もう本当に耐えられない。彼の腕をつかむと首を後ろにひねって美しい支配者へ縋った。

「おねがっ、いぃ……くち、ふさいでぇっ、……こえっ、でちゃ、うっ」

自制心や羞恥心など、とっくの昔に奪われていた。

あられもなく切羽詰まった表情で口づけを強請ると、煽られたのか智治が荒々しく唇を塞いでくる。同時に包皮を剝かれた秘芯をグリッと潰され、彼の口内へ悲鳴を放った。

背筋を弓なりに反らして大きすぎる官能に耐える。水面から出た乳房がふるふると揺れて、波間に浮かぶ小島のようだった。智治は柔らかな島を満足するまで揉みしだき、ようやく彼女を解放する。

息苦しさと絶頂の余韻で、彩霧は洗い場で腰が抜けたようにへたり込んでしまった。智治が動けない彼女を大きなバスタオルで包み込み、蓑虫《みのむし》にして寝室へ優しく運ぶ。

湯疲れで意識が朦朧とする彩霧は、ベッドに寝かせてもらえた安心感で彼の動きに気づいていなかった。膝を立てられ脚を大きく広げられて、付け根にぬるりとした感触を得たときにハッとする。

「やっ、や！　智治さん待って……！」

男の舌による悦びは、智治によって初めて教え込まれた。でもあまりにも恥ずかしくて、強烈な快楽は苦痛と似ていて、彩霧はこの行為が苦手だった。

それを知っていながら智治は、舌先を突き入れて秘唇の輪郭をなぞり、蜜を啜り、彼女を啼かせることを好む。

いつもはあんなに優しい人なのに、ベッドでは抵抗を一切許さず傍若無人にふるまう。その落差で彩霧は気が狂いそうだった。

「あっあっ、ああっ！」

まだ正常な感覚に戻っていない体に、濃厚な奉仕は刺激が強すぎる。薄い皮膜を剝かれた陰核を吸い上げられ、舌で小刻みに潰されて、眦から大量の涙を零した。太腿がぶるぶると震えて腰が浮く。

彼に操られるかのように乱される彩霧は、とめどなく蜜を垂らしてシーツに小さな水たまりを作る。従順なまでに肉体を最愛の男へ開いていく。

だけどいつまでも智治の唇が吸いついて離してくれないから、途切れない快感に心が追いつかなくて、枕以外に縋るものを求めた。

「智治さぁん！　だっ、こ、抱っこ、してぇ……っ！」

可愛らしいおねだりに彼の頭が離れる。息も絶え絶えで喘ぐ彩霧へ、智治が口元を手の甲で拭いながら顔を近づけてきた。

「可愛い。本当に可愛い……」

目元を赤くして色っぽく微笑む智治が抱き締めてくれる。彩霧も力が入らない腕を必死に持ち上げて縋りつく。ようやく心が落ち着いた。

肌を密着させて互いの体温を合わせると、途方もない安心感に包まれて癒される。好きな人が自分を抱き締めてくれることは尊いのだと初めて知った。愛しさばかりがこみ上げて胸がいっぱいになる。

あなたが好き。多幸感に包まれて彼の柔らかい髪を撫でていると、智治が頰を合わせてスリスリと滑らかさを楽しみだした。しかも耳へ熱い吐息と共に吹き込む男の声は、これ以上ないほど甘さと艶でコーティングされている。

「なあ、彩霧……」

「あ、ぅ」

どのように反応すればいいか分からない彼女へ、彼はさらに言葉を繋げる。

「私の願いを聞いてくれるか」

「な、に……?」

「中に、出したい」

種付けを匂わされて、反射的にお腹の奥がゾクゾクした。体がぶるりと震えたけれど、それは拒絶ではなく甘い期待だと自分でも察している。でも素直に頷くのはあまりにもはしたなくて、視線が右往左往してしまう。するとする顎を優しくつかまれて顔を真上に向けられた。上から瞳を覗き込まれ、己の浅ましい本能を見透かされたようで反射的に瞼を閉じる。

智治が顔中にキスをしてきた。

「君が黙ると寂しい。声を聴かせてくれ」

「だ、だって……」

避妊具を使わない行為を受け入れた時点で、自分の気持ちなど分かっているだろうに。

こんなことをわざわざ訊かないで欲しい。

口ごもっていたら、待ちきれなかったのか秘裂に熱い肉塊を感じて息を呑む。と、同時にいきなり最奥まで貫かれて、電流のような刺激が体の軸へ絡みついた。

「ああぁあっ！」

望むものを与えられた彩霧がひときわ大きな声を上げる。

「彩霧、返事は？」

「あっ、そこっ、……はあん！」

気持ち良くなる箇所をしつこく突かれ、ときにはゆっくりと亀頭のくびれで膣壁をゴリゴリとこそげられ、巧みな腰使いに甘ったるい嬌声を上げ続ける。

久しぶりに得た智治の分身は少し苦しい。でもすごく嬉しくて、彩霧は自分の体がとても悦んでいることを悟った。……ずっとこうしたかったのだと、己の飢えと心の隙間が満たされる幸福に喘ぐ。

「くはあぁん！　ああっ、ああんっ！」

「いい子だから……、ほら、答えて」

悶えながら揺れる視線を彼へ定めると、智治は貪欲なまでに彩霧を欲する情動を瞳に浮かべて見下ろしていた。その欲望に彩霧の下腹がきゅんきゅんと切なく泣いて肉塊を食い締める。

智治が気持ちよさそうに表情を歪ませた。

「ああ、出そう……」

「い、いいです、よ」

「えっ」

いいのか？　本当に？　と、驚いた表情で何度も真面目に訊いてくるから、あまりにも恥ずかしくて両手で顔を隠してしまう。

すぐさま智治が手首をつかんで顔から引き剝がし、シーツに縫いつけて視線を合わせてくる。

「嬉しいよ。——喜んで責任は取る」

本当に嬉しそうな笑顔で見つめてくるから、彩霧は顔面を真っ赤にして視線を逸らした。

そのまま腰を振られて、拘束される彼女は啼きながら善がる。手首を固定されて秘所を串刺しにされて、己の自由に動かせるのは頭と両脚ぐらいしかない。身動きが取れない情交は劣情の炎を燃え上がらせた。

「あぁん！　ひあッ、ぁう、うぅんっ！」

肉体を思うがままに操られる衝撃に、啼きながら智治に脚だけ縋りつく。彼の逞しい腰に両脚を絡めると結合部の位置が変わって新たな快感が生まれた。とても気持ちよくて涙がぼろぼろと零れてくる。

智治が雫を舐め取ったとき、キスをして欲しいと嬌声混じりに必死で訴えたら、貪るような口づけを与えてくれた。口の中を蹂躪される感覚と秘筒を満たされる悦楽に意識が飛びそうだ。

己の女の部分が痙攣しているとハッキリ分かる。もう耐えられそうになくて、急激に彼を締め付けた。優しく情熱的に、激しく淫らに、あなたが欲しいと啼きながら雁字《がんじ》搦《がら》めにする。

そのとき智治が勢いよく体を起こし、己に巻きつく脚を剝がして膝裏をすくい上げると激しく腰を打ち付けてきた。

「すまん私も限界だ……っ！」

「ひやぁあっ！」

幾度も深く突き入れる行為に、細い肢体がびくびくと跳ね上がる。手加減のない律動を腹の奥に刻まれ、秘筒を押し開いて最奥をノックされて、内側が彼の熱で焼け爛れるようだった。

もう逃がさないとの彼の主張を混じり合う局部で感じ、智治という名の獣性を下腹で受け止め続ける。

少し怖いけど彼のこんな姿を見ることができるのは私だけだと思えば、誇らしくて嬉しかった。その感情に反応した内部が分身をきつく締めあげる。

漏らされる呻き声。より激しくなる抽挿。降り落ちる彼の汗。

智治が息を切らして彩霧の肉体に溺れる様は、彼女に途方もない大きな悦びをもたらした。愛する人が自分を選んでくれた幸福で心が満たされる。

――ここへ来たときは、こんなふうに彼と抱き合う日がくるなんて思いもしなかった。

最愛の人の愛撫を身に受けた彩霧が、智治の腕の中で思うままに乱れる。声を抑えることもできない。

甘い嬌声は男の興奮をいや増し、逞しい肉体が際限なく彼女を攻めては夢中で快楽を追い求める。

彩霧の瞼の裏に白い光が弾けたと同時に、内部をみっちりと占める男が爆ぜた。互いを隔てる薄膜がないため、お腹の奥にじんわりと広がる熱を感じる。

「はあ……あぁ……」

圧し掛かる重みと温もりを受け止める彩霧は、智治の頭部を優しく撫でた。息が落ち着くと自然な微笑が浮かぶ。

彼女を抱き締める彼も、やがて顔を持ち上げて微笑みながら愛する女性を見つめる。

お互いに久しぶりの逢瀬を心から悦び合った。

……その後、いつの間にか彩霧は眠っていたらしい。目を覚ましたとき、智治の姿はベッドになかった。

今まで開けたままだった寝室と和室を隔てる障子が閉められており、一瞬、自分がどこにいるか分からなくて不安感に苛まれる。しかしすぐに、一ヶ月近くも逗留《とうりゅう》している宿だと悟った。

あたりを見回せば、サイドテーブルにはピアスと、久しぶりに見るブレスレットが置かれている。智治に投げつけた天眼石とマラカイトのお守りだ。

あのとき、ブレスレットがどうなったかなんて考えもしなかったけれど、後で彼が回収したのだろう。彩霧の心がほんのりと温まった。

時計は午後七時すぎを示している。もしかして智治は東京に帰ってしまったのだろうか。

寂しさで顔を伏せた途端、誰かのひそめた声が聞こえてきた。しかも複数人いるようで、障子の向こう側から聞こえてくる。そのうち一人は智治だ。

慌ててベッドから下りたものの全裸であるため、ラタンチェアに置いてあった浴衣へ手を伸ばす。周囲の床に自分の服は見あたらなかった。どこへやったのだろう。

急いで浴衣を着こみ、障子をそっと細く開けてみた。

隙間からは自分と同じように浴衣を着た智治の後ろ姿と、その前に座る三人の護衛がいる。紺藤と武林と澤上だ。隙間から見て正面に座っていた紺藤が彩霧に気がつき、智治へ話しかける。

振り返った彼が立ち上がり笑顔で障子を開けた。が、すぐにギョッとした様子で寝室へ入ると後ろ手に障子を閉める。

「浴衣が着崩れている」

「あ、ごめんなさい……」

「気にするな、私だけなら構わない。――ほかの男に見せたくないだけだ」

そう言いながら彩霧の帯を解き、浴衣の乱れを直してくれる。

急いで着込んだため襟が大きく開いてみっともない状態だった。寝ぼけていたのと、今までずっと一人だったから油断した。

そこへ障子越しに紺藤の声がかけられる。

「専務、我々は外に待機しております」

「分かった。――女将に食事のことを伝えてくれ」

「承知しました」

隣の部屋から人の気配が消えたところで彩霧が話しかけた。

「もしかして智治さんもここに泊まりますか」

「ああ、もう旅館へは頼んである。一緒に食事をしよう」

「はい、嬉しいです……あっ！」

突如として下腹部を襲った感覚に、彩霧は焦りながら智治の手を止めて俯いた。どうしたのかと問う彼の顔を見ることができず、「お風呂に行かせてください」と消え入りそうな声で呟く。

「彩霧？」

「床、汚しちゃう……浴衣も……」

内股で震えつつ泣きそうな表情の彩霧へ、怪訝そうな智治が顔を寄せる。

彼女はボソボソと原因を告げた。

「あー……、すまない」

微妙な顔つきになった智治がすぐさま彼女から離れる。彩霧はよろよろとした足取りで内風呂へ向かい、脱衣所で浴衣を脱ぎ捨てると洗い場へ飛び込んだ。

股の奥から粘液が溢れ出る感触に、羞恥のあまりぐったりとしゃがみ込む。

勢いというかムードに流されてそのまま致してしまったが、今考えるとむちゃくちゃ恥ずかしい。

風呂のへりを両手でつかみ悶えていると、脱衣所から遠慮がちな声がかけられた。

「……彩霧、大丈夫か」

「はっ、はいぃ！」

いかん、長いこと一人でのた打ち回ってしまった。急いで体の汚れを落として内風呂から出る。

するとタオルを持って待ち構えていた智治に、全身を丁寧に拭かれる破目になった。

彼は彩霧の世話を焼くのがよほど嬉しいのか、微笑みながら浴衣まで着せようとする。

カラフルな生地で細い体を包むとき、乳房の至るところにある赤い斑点《キスマーク》を愛しげになぞった。

羞恥から目を閉じて立つ彩霧は、肌を桃色に染めつつピクピクと震える。そんな彼女の耳へ顔を寄せた智治が、わざと艶を意識した声を吹き込んだ。

「勃ちそう」

「やっ、やだぁ……言わないで……」

猛烈に照れる彩霧がとうとう両手で顔を隠した。智治は、彼女の視界が塞がれているのをいいことに、敏感な肌を指の腹でツッと刺激する。

「あっ、あっ」

乳房の輪郭を撫でる指先が胸の谷間を滑り降りて、臍《へそ》の窪みをほじるようにさする。すぐ下にある薄い茂みをかき分けて地肌をひっかくと、面白いぐらいに肢体が揺れた。

彩霧は慌てて彼の腕をつかんで止める。駄目、との抗議の声は唇を塞いできた彼の口内へ吸い込まれた。

深くて浅いキスを繰り返す智治が、「どうして?」と意地悪く尋ねてくる。

「あっ、だって、……ん、しょくじ、んっ」

あなたが食事を準備してくれって伝言を頼んだんじゃない。すぐに宿の人が来るかもしれないでしょう。と、言いたかったのだが侵入する舌に阻まれて上手く喋ることができない。

歯列を丁寧に嬲られ、体液が混じり合って溺れそうになる。こくりと彼の味を飲み込むたびに口づけが浅くなるから、すぐさま智治がかぶりついてくる。

「あふ、ふぅ……っ、ん、んくっ」

ちゅくちゅくと唾液が絡まる音を響かせているうちに、いつの間にか彼女の浴衣は足元へ落ちていた。……着せるつもりではなかったのか。

思う存分、彩霧とのキスを堪能した智治は、ちゅぷっ、とリップ音を立ててようやく唇を解放する。彼女の両肩をつかんで腕を真っすぐに伸ばし、愛する人の肢体を隅々まで愛でた。

「君の体、素敵だ」

「う、あ……っ」

なんてことを、なんて恥ずかしいことを言うの。しかもそんなふうに嬉しそうな顔で言われたら否定することさえできない。

再び己の顔を両手で隠すと、智治にやんわりと抱き締められる。背中を撫でる手のひらが不埒な動きをみせる。

このまま押し倒されそうな雰囲気だったが、幸いにも宿の人間が玄関扉をノックしたため、本気で助かった。さすがに彼もこれ以上はイチャイチャできないと悟ったのか、渋々と浴衣を着せてくれる。

入ってきた女将と二人の仲居は、番重《ばんじゅう》から手早く皿を取り出して夕食の支度を整えてくれた。今日は智治がいるせいか、彩霧が初めて宿に泊まった夜のような豪華な内容だ。

あのころとは季節が変わっているため、料理は秋を表しつつも随所に初冬を先取りした献立になっている。秋田県で造られる日本酒も用意されて、彩霧は久しぶりに彼と二人でとる食事を楽しんだ。

目を細めて彼女を見つめる智治は、最後の水菓子《デザート》まですべて並べられたところで話を切り出した。

「私のそばにいる以上、正式に護衛をつけることになる。澤上だけでなく男性も加わるから窮屈だと思うけど、これだけは受け入れて欲しい」

もう二度と君を危険な目に遭わせたくない。そう語る智治の表情は真剣そのもので、彩霧は少し宙を見つめた後、こくりと頷いて了承を示した。

「私もああいう恐ろしい思いはしたくないです。仕方ないですよね」

「すまない。押しつけられた警護は慣れるまでストレスが溜まるだろう。不満があったら遠慮なく言ってくれ。精神的な負担を取り除けるよう、なんだってする」

「大丈夫だと思いますけど……智治さんはもう慣れたのですか？」

さすがにね、と苦笑する智治は、中学生に上がる頃から護衛がそばにいたと教えてくれた。ふとそこで彩霧は首をかしげる。

「それまではついていなかったんですか？　逆に小さな子供の方が、営利誘拐に巻き込まれる可能性が高いと思いますが」

「ああ……その頃、両親を一度に亡くして社長に引き取られたんだ。でも私は東雲姓ではないし、それまではごく普通の一般家庭で育ったから」

「え」

彼は自分の本名が倉知智治であることと、東雲姓は社長の後継者を名乗るための通称だと告げた。東雲資源開発に入社したときから名乗っていると。

彩霧はそこで、ＣＭ楽曲を歌った仮歌歌手の名前を思い出していた。同時に、初めて彼女の部屋を訪れたときの彼が、「私も子供の頃は、こういった住まいで暮らしていたから」と告げたことも……

「それほど不便はないが、さすがに会社を継ぐときには養子縁組をして戸籍上も東雲姓にした方がいいだろうって、社長も言っていたな」

他人事のように話す智治を見つめる彩霧は、両親が一度に亡くなったとの言葉に激しく記憶が揺さぶられる。

彼は以前、自ら命を絶つ行為が大嫌いだと言っていた。自殺をすると最低でも五人は身近な人の心を傷つけると。あのとき初めて彼の激しい嫌悪を見た。

まさか。彩霧は血の気が引く思いで智治の顔を凝視する。彼女の変化に気づいた彼は、酒を飲む手を止めて少し寂しげな微笑を浮かべた。

「察しがいいな」

箸を落としそうなほど茫然とする彩霧へ、彼は平坦な口調で淡々と教えてくれた。

智治と同じほど整った容姿を持つ父親――倉知孝嘉《たかよし》に、東雲舞衣《まい》が一目惚れをして、押しかけ女房同然で関係を持ったことが両親の馴れ初めだという。

やがて舞衣が妊娠して二人は籍を入れたが、それほど上手くはいかない結婚生活だったらしい。

「私の母はお嬢様育ちだからな。ろくに家事や育児もできない割には我が儘で癇癪持ちだし……あれでは男も逃げるよ。子供の私でも嫌だった」

「…………」

「だから父が離婚を切り出したのも理解できる。私を引き取りたいと言ってくれたのは嬉しかった。……ただ、問題は母だったんだ」

離婚について話し合っている最中、逆上した舞衣が包丁で夫を刺し、自らも胸を突いて無理心中を図った。智治が寝ている深夜の時間帯に起きたので、彼は止めることができなかった――

予想以上に重たい身の上話に、彩霧は固まったまま彼を見つめるしかできない。

――だから私があの人の話をしたとき、あんなにも機嫌が悪くなったんだ。

顔色を悪くしたまま動けない彩霧へ、智治は暗い雰囲気を変えるかのようにニコリと微笑む。

「訊きたいことがあるなら遠慮しないでくれ。すべて答えるよ」

彩霧は戸惑いながらも、脳裏に浮かんだ疑問を口にしてみた。

「えっと、社長さんに引き取られたのが中学生で未成年なら、そのときに養子縁組をすればよかったのでは……？」

「その通りなんだけど、当時の社長は私に会社を継がせる気はなくてね。養子にして揉め事を増やしたくなかったんだろうな」

辰彦は自分の子供——最愛の女性との間に生まれる子へすべてを相続させたいと考えていた。だが彼に子供はできなかったので、唯一の血縁者である智治に白羽の矢が立てられたのだ。

彩霧の脳裏に、辰彦に執着する亡霊の姿が思い浮かぶ。

「最愛の女性って、社長さんに取り憑いている女性のことですか？」

「そう。彼女と社長は想い合っていたんだけど、事情があって結婚できなくてね。……そして彼女の娘が香穂さんだ」

つまり社長さんは、シングルマザーに恋をしたということかな。……ややこしい。

だが人物関係図は把握できた。辰彦は亡くなった最愛の女性をいまだに想い続けているから、彼女の娘である香穂と養子縁組をして、自分の娘にしたいのか。

実際に辰彦はそのつもりで香穂を公の場へ連れ出しているという。——そういえばビジネスパーティーの会場にもいた。

「……なんというか、すごい執着ですね。普通は惚れた相手が亡くなったら、血の繋がらない忘れ形見とは縁が切れると思いますが……」

しかも香穂は既婚者だ。未成年ならともかく、成人済みの人妻を娘にしたいなんて。

「その通りだ。……ただ、うちの家系は思い込みが激しいというか、粘着系なんだよ。一度好きになってしまうと、振られても別れてもなかなか諦められない」

「………」

「私だって君に振られても、諦めずに口説こうと弾き語りの練習までしてた。……執着が過ぎるんだよ」

自嘲気味に笑う智治の表情が少し怖い。だがそこで彼は急に真剣な表情になった。

「香穂さんといえば、以前病院で……攫われた君を探しに来たのは彼女だって、君は知っていたよな。姿を見たと」

「あ、はい」

そこで彼はいきなり頭を下げてきた。

すまなかった、と悔いを滲ませる声で謝るから、意味が分からない彩霧は狼狽する。

「え、あの、どういうことですか?」

「君が攫われたことを警察へ言わなかったのは、香穂さんを護るためなんだ」

「護る……」

「香穂さんと彼女のお母さんはね、あらゆるものを〝探す〟ことができる異能力者なんだ」

――私や社長は異能力を持つ人間がこの世に存在することを知っているから、加納さんのような人がいても不思議じゃないと思っている。

一度は嘘だと決めつけた彼の言葉を思い出す。あれは本心からの言葉だったと、今ようやく理解できた。

「あ、あらゆるものって……例えば拉致された私を探すとか、ですか？」

「そう。あのときは香穂さんに頼み込んで君の居場所を探してもらった。……だが、その代償として彼女は死ぬかもしれない危険性があった」

「え、ええっ！」

やるせない溜め息を吐く智治は、ぽつぽつと理由を簡潔に説明してくれた。

異能力を使い続けると本人の中で何かが失われて、老化が早まったり突然死したりする宿命を背負っていることを。そのため異能力を利用されないよう、彼女について公言することを禁止されていることを。

「東雲資源開発は、もとは小さな石油販売会社でしかなかった。それをここまで大きくしたのは、香穂さんのお母さんの能力《ちから》あってのことだ」

彼女が探した数多《あまた》の油田により、国際社会に名を知らしめるまで躍進した。しかしその代償として、彼女は急速な老化の後に亡くなったと智治は語る。

「だからあのときは香穂さんを優先して、彼女が君を探したことは警察に言うことができなかった。通報も先延ばしした……本当にすまない」

再び頭を下げる智治の頭頂部を見て、一瞬その話は本当なのかと疑ってしまった。が、夜の山で視た香穂の姿は幻覚ではないと、自分自身が知っている。信じないという選択はできなかった。

そこでふと違う疑問が浮き上がって首をひねる。

「そんな重要なことを、私に喋っちゃっていいんですか……？」

紺藤から、関係者以外に香穂のことは話せない、と言われたことを思い出す。確かにこのような裏事情があるなら口外できないだろう。

智治はなぜか、座卓に頬杖をついて微笑を浮かべている。

「その通りだな。聞いたからには、関係者になってもらわないと困る」

智治の眼差しに強烈な艶が混じった。彼に抱かれているとき、喜んで責任は取る、と言われたことを思い出して顔が熱い。

「関係者って、智治さんと、その……」

「ああ。今すぐにでも婚約したい」

サラリと人生における大事なことを述べた智治は、頬杖を崩して座卓に両肘をつく。組み合わせた両手を顎に添えて前屈みになり、彩霧の瞳を真正面から射貫いた。

「だが彩霧。私と婚約したら、私以外の男を好きになっても諦めるしかないぞ」

「いやいや、そんなことありえませんって」

「まあそうだろうけど、人の気持ちは移ろいやすいから」

そのときの智治の表情はたしかに笑顔だった。でも目はまったく笑っていなくて、恐ろしいほど真剣な眼差しを彩霧へ向けていた。

裏切ることは許さないと、視線が雄弁に語っている。

「……もし私から離れようとしたら、母と同じことをしてしまうかもしれない」

微笑んでいるのに怖いと彩霧は感じた。彼はそんなことをしないと信じているのに、その気持ちが根底からグラつく気分だった。

智治が告げた〝粘着系〟の意味を理解できた気がする。——でも、そんな物騒な未来はありえない。

「それは、大丈夫です。だって私のために歌ってくれるんですよね。永遠に」

「ああ……」

「なら、あなたの心配は杞憂です。私は欲張りだから、私だけの仮歌歌手を手放したりはしないんです」

すると智治は嬉しそうに微笑んだ。体を起こして座椅子の背もたれに深く背中を預ける。

「私も君のためにしか歌わない」

そのリラックスした様子を見て、彩霧はやっと安堵した。

でもちょっぴりハラハラさせてくれた意趣返しに、彼が苦手にしているだろうことを指摘してやった。

「だけど智治さん、私と婚約したいなら母を説得しないと」

その瞬間、彼の表情の変化はすごかった。目を限界にまで見開いて顔を強張らせると、片手で顔を隠して天を仰いでいる。しかもそのままの姿勢で固まってしまった。

彼の様子から、どれほど母親を苦手としているかがよく分かる。

彩霧の口からクスクスと小さな笑い声が漏れた。

「もちろん私も協力します。母は頑固者ではありますが、まったく話を聞かない人ではありません」

「……私も誠意を尽くす。君のお母さんだから」

ものすごく唸りながら告げるので、さらに噴き出してしまった。笑っては悪いと思っているのに。

申し訳ないのと智治が固まったままなので話を変えることにした。この宿は父親の知り合いから紹介されたものだが、その人はやはり智治に頼まれたのかと。

すると彼は体を元に戻して彩霧と向かい合い、やや申し訳なさそうな顔つきになった。

「私が直接、お義父《とう》さんにお願いしたんだ。君をここに移して欲しいと」

「え！」

報復措置をとるので彩霧の身の安全を確保したいという目的と、彼女が精神的に参っている現状から、遠くの地で一人で静養できる環境を整えてあげたかった。

真相を知って啞然とする彩霧だったが、それよりももっと気になることがあった。

「うちの父と連絡を取り合っていたんですか？」

「ああ。君の入院中、お義父さんに謝罪をしたらすんなりと許してくれて。それどころかお義母さんが私を排除している状況を謝って、何かと協力してくれたんだ」

「ええ……」

あの状況で父親が智治に協力するなんて思いもしなかった。何が原因だろう。やはり母親が怒り狂っているのを憂慮《ゆうりょ》したのだろうか。

もともと父親は浮世離れした人だと思っていたが、不思議だ。

「で、お義父さんと話していたら弟さんも交じってきて、君と私とのことが気になるというか、面白がっているというか、とにかく彼も協力してくれたよ」

「あ、あの子まで……」

智治から、弟を通じてピアスを贈ったと聞かされた彩霧は、もうどのような反応をすべきか分からなくなってしまった。

考えてみればあの弟が、姉のためにプレゼントをするなんておかしい。本人も言っていたではないか、誕生石など知らないと、姉は騙されやすいと。それに秋田行きを積極的に賛成してくれた。なぜそこで察しないのか。護衛がついていることもまったく気がつかなかったし、間抜けすぎる。

顔を伏せて盛大に落ち込んでいると、不意に智治が立ち上がって寝室に向かった。彩霧の元へ戻ると畳に座り込み、彼女の左手首にブレスレットを、耳たぶにピアスを通す。

「あのとき君が何も石を身に着けていなかったから、心配でたまらなくてこれを買ってきたんだ」

石のことはよく分からなかったので、店主へ「恋人にお守りを贈りたい」と告げた。

その人は彩霧の状況と生まれ月を聞き取り、美しいピアスを作ってくれた。誕生石《ペリドット》にゴールドを合わせて魔除けと太陽の加護を付加し、オニキスで逆境を強く生き抜く意思を込めた。

「でも私からの品だと受け取ってくれないと思って、弟さんに頼んだんだ。すまない」

「いえ、智治さんの言う通りだと思いますから……」

とりなすように微笑むと、智治は彩霧の左手薬指の付け根を撫でる。

「本当は自分の手で贈りたかった。――だからどうか、東京に帰ったらここに指輪を贈らせて欲しい。私にはめさせてくれ」

そこに指輪を贈る行為が何を意味するかなんて、子供でも知っているんじゃないかと彩霧は思う。頬を染めつつ頷けば、智治が強く抱き締めてきた。

「ありがとう、彩霧……」

「わ、私こそっ、こんなに良くしていただいて申し訳ないぐらいです。ありがとうございます」

「そんなことはない。君から音楽を一時的にでも奪ってしまった罪滅ぼしだ」

彩霧には退院した直後から秘密裏に護衛がついていたため、彼女が長い間、音楽から遠ざかっている状況を智治は知っていた。このまま作曲を辞めてしまったら、悔やんでも悔やみきれなかった。

彩霧からは、私の幸福を取り上げては駄目だと言われていたのに。

音楽が好きで大好きでたまらなかったから、どのような形でもこの業界で働けることが幸せだと聞いていたのに。

「……だから君が気にすることなど何もない。でも、ずっとそばにいて欲しいんだ。そのためには――」

そこで腕の中にいる彩霧を解放した智治は、彼女の両手をとり瞳をのぞき込む。

「私と結婚してくれ」

彩霧は、心から自分を望んでくれる男の真剣な想いと、はっきりした言葉《プロポーズ》に胸が熱くなった。婚約したいとか、指輪を贈らせて欲しい、でもいいけれど、やはりきちんと言ってもらえる方が嬉しい。

笑みを浮かべて頷こうとして……不意にあることを思い出し、不安そうな表情で智治を見上げる。

「私もあなたと結婚したいです……でも母は説得に応じないかも……」

入院中に、お付き合いは元恋人の三回忌まで待てなかったのかと、やんわり非難されたことを告白した。しかし智治は彩霧の悲しそうな顔を優しく撫でて首を左右に振る。

「たしかにそれが常識的なのかもしれない。だけど私は君より十歳も年上だ。できれば今すぐにでも結婚したい。三回忌まで待てと言うなら、その間に結婚準備をしたい。付き合いを延ばすなんて考えられない」

心ないことを言う人もいるかもしれない。たった一年と少しで新しい恋人を見つけるなんて、と陰で非難する人もいるだろう。

でもその人たちは彩霧の人生を支えてくれない。ただ己の倫理観や人生観に照らし合わせて勝手なことを言うだけで、彼女の人生になんら責任を持たないのだ。

「……お義母さんは反対するだろう。だが私は必ず説得してみせる。君の幸せに常識や世間体など必要ないと」

人を好きになる気持ちは、そのような体面に左右される感情ではないと。

「君の人生を決めることができるのは君だけだ。私はその人生において、責任ある人間でありたい」

目を逸らすこともなく言葉を尽くしてくれる智治の気持ちに、彩霧の中に最後まで残っていた蟠《わだかま》りが崩れた。自ら彼の首に縋りついて涙を零し、耳朶へ唇を押しつけて囁く。

あなたと結婚します、と。

抱き締めてくれる痛いほどの力で彼の幸福を知る。私も幸せだと、心から思った。

翌朝、宿を出立する際に智治と揉める破目になった。

「やっぱり、私と一緒に東京へ帰らないか」

「もー、それは断りましたよね」

智治は秋田空港から羽田空港へ向かう予定だが、彩霧は栃木県の宇都宮市の実家へ帰るので、秋田駅から新幹線を利用する予定だ。乗る車も別々となる。

智治はそれが気に入らない。やっと彩霧を手に入れたのだから、一時《いっとき》も離したくないと朝からしつこかった。

彩霧とて智治と離れたくはないが、自分を心配している家族をないがしろにはできない。

そのとき玄関扉がノックされて、武林と澤上と共に、女将が黒塗りのトレーを持って入ってきた。

智治が大きな溜め息を吐いて口を閉ざす。

彩霧へ差し出された請求書には、約一ヶ月分の宿泊代である五万四千円が記されていた。

……あまりの安さに胃の痛みを感じながらクレジットカードを差し出す。

智治は請求書にサインをするだけで支払いが完了するらしい。

いったい、宿代の総額はいくらなのだろう。訊いても教えてくれなかった。

これも結婚すれば分かることなのか。と、考え込んでいたら、無意識のうちに手に持ったペンを指に挟んでクルクルと回していた。目にもとまらぬ速さで五指の間を回転しつつ縦横無尽に動くペンを、智治だけでなく女将も凝視している。

その視線に気がついた彩霧は慌ててクレジットカード明細にサインをしてペンを離した。

「今の、すごいな。どうやったんだ」

「いやぁー、大したことじゃありません。ドラムを叩いていたときにスティック回しを練習していたせいで、棒状のものを持つと回してしまうんです」

女将に今までお世話になった挨拶をしてから、護衛に囲まれて駐車場へ向かう。

彩霧は歩きながら、バンドにドラマーが入ったとき、興味があって教えてもらったのだと答えた。

「ドラマーって人口が極端に少ないから、いつ他のバンドに引き抜かれてもおかしくなかったんです。なので一時期はマルチプレイヤーを目指して、必死にドラムを練習していました」

ふーん、と相槌を打つ智治は、しばらく宙を睨んでから彩霧へ胡散臭い笑顔を見せる。

「それなら、うちにドラムを置けばいいんじゃないか？」

「え」

「スペースも余っているし、防音も完璧だ。——作曲に使うといい」

下心をたっぷりと含んだ言葉に反応した彩霧の脳内では、自分で叩いたドラムを録音する場面が浮かび上がっていた。

作曲で使用するドラムソフトの音源は、やはり生ドラムとは少し違う。そして曲のクオリティを上げたいなら、リズム隊を良くすることが鉄則だった。――つまり、ベースとドラムを。

生ドラムという餌を目の前にぶら下げられた彩霧が、ソワソワと落ち着きがなくなる。

そこへ悪辣な笑みを浮かべた智治が、彼女へ悪魔の囁きを注いだ。

「東京なら君の好きなドラムが選べるぞ。今から飛行機に乗れば、今日中には家で叩けるんじゃないか？　――買いに行こうか」

「行きたいです！」

二人の会話を聞いていた護衛たちがひそかに動き出した。彩霧のフライトチケットはこうなることも見越して用意されており、警備計画も立ててある。

周囲の状況に気がつかない彩霧は、興奮した様子で智治へ生ドラムの良さを語っていた。

彼は爽やかな笑顔で彼女の話を聞きながら、スマートな所作で自分の車へ押し込める。

二人は座席の上で手を重ね合わせ、共にある未来への道を真っすぐに進み始めた。

あとがき

こんにちは、佐木《さき》ささめです。オパール文庫様では八作目になる『甘い毒　ケダモノ御曹司の淫らな執着』をお手に取っていただき、本当にありがとうございます！

今作のヒロインは作曲家となっておりますが、実は私、楽譜も読めないしギターも弾けないうえに音楽の知識もありません（涙）。なので執筆時には、音楽とかかわりの深い方々からお知恵を拝借したものです。

素人では考えも及ばないお話を聞くことができて助かりました。この場を借りてお礼申し上げます！

そして本書のイラストを担当してくださったのは瑞原《みずはら》ザクロ先生です。美麗なイラストをありがとうございました！

担当編集のK様、お疲れ様です。フランス書院編集部様、制作にかかわっていただいた皆様、大変お世話になりました。お力添えに感謝しております。

何よりこの本を手に取ってくださった読者様に最大の感謝を！　また新しい本でお会いできる日を心より願っております。

佐木ささめ

某ミュージシャンが「ギターは女性のように大事に扱うもの」
と言ってましたが
智治くんが彩霧ちゃんに習って
エアギターからリアルギターを弾くようになるのを見て、
それを思い出しました。

お幸せに…♡

瑞原ザクロ

Illustration Gallery

口絵別案

口絵ラフ

カバーラフ

カバー別案

Opal

甘《あま》い毒《どく》
ケダモノ御《おん》曹《ぞう》司《し》の淫《みだ》らな執《しゅう》着《ちゃく》

オパール文庫をお買い上げいただき、ありがとうございます。
この作品を読んでのご意見·ご感想をお待ちしております。

ファンレターの宛先
〒102-0072　東京都千代田区飯田橋3-3-1
プランタン出版　オパール文庫編集部気付
佐木ささめ先生係／瑞原ザクロ先生係

オパール文庫＆ティアラ文庫Webサイト『L'ecrin《レクラン》』
http://www.l-ecrin.jp/

著　者——**佐木ささめ**(さき ささめ)
挿　絵——**瑞原ザクロ**(みずはら ざくろ)
発　行——**プランタン出版**
発　売——**フランス書院**

〒102-0072　東京都千代田区飯田橋3-3-1
電話(営業)03-5226-5744
　　(編集)03-5226-5742

印　刷——誠宏印刷
製　本——若林製本工場

ISBN978-4-8296-8344-6 C0193